華栄の丘

宮城谷昌光

文藝春秋

目次

装画　坂本忠敬
挿画　西のぼる

華栄の丘

天の章

この男はもともと戦いを好まないのかもしれない。

が、他人《ひと》の目にはそうはうつらない。

「睅目皤腹《かんもくはふく》」

と、世間の者は、親しみと揶揄《やゆ》をこめていう。睅目は出目ということであり、皤腹は太鼓腹のことである。出目と太鼓腹という特徴をもったこの男の外貌はどうみても貧弱ではなく、さらに貴族であることをあらわす衣冠をつければ、大いにたよりがいのある容姿が出現するということになる。この男の氏名は、

「華元《かげん》」

という。宋《そう》の国の大夫《たいふ》である。

父の華御事《かぎょじ》は司寇《しこう》（警察長官）の位にまで登ったが、すでに亡くなり、二十九歳で家督

を継いだ華元は、今年で三十四歳になっている。が、君主の昭公に忘れ去られたかのように、職管はあたえられていない。この不遇について、家宰《かさい》はしばしば、

「孟諸沢《もうしょたく》での一件に祟《たた》られておりますよ」

と、くやしそうにいう。

孟諸沢とは、宋の首都である商丘《しょうきゅう》からみて東北方にある巨《おお》きな沢で、六年前に、その沢のほとりで大規模な狩りがおこなわれた。

当時、南方の霸王である楚《そ》の穆《ぼく》王は、軍旅を催して、宋を攻伐しようとした。楚に対抗しうる勢力をもっているのは、黄河の北に位置する大国の晋《しん》であり、その盟下にある宋はいそいで防備をととのえ、激撃《ようげき》の構えをとろうとした。が、華元の父の華御事は、驕慢《きょうまん》な穆王の性格を考え、

「あっさり降伏してしまえば、楚王はそれで満足し、軍を寄せてくることをしますまい。わが国には実力はなく、罪もない民を戦いによってそこなってはなりません」

と、昭公に進言した。もっともなことであると考えた昭公は、その進言を容《い》れて、華御事を降伏の使者として、北上中の楚軍の本陣につかわした。

この昭公と華御事の合意による謀《はかりごと》はまんまとあたり、すばやく降伏した宋の態度に気をよくした穆王は、北伐の軍を停止させた。

華御事がうった手はそれだけではない。狩りを嗜《この》む穆王を孟諸沢に先導するという接待を考えて、実行した。この発想は、あらかじめ昭公につたえておかなかった。なにしろ楚兵の足を停めさせるのが華御事の任務である。これに成功したものの、穆王が従者とともに宋都へゆくと知った華御事は困惑し、とっさに着想したのが狩りを催すということであった。宋都で穆王と重臣をもてなすとなれば、莫大な費用がかかる。穆王は天子きどりであるから、いちどの食事で、百味《ひやくみ》の料理をみなければ怒るであろう。飲食器が室内から庭までつらなるというのが楚王の食事の風景である。宋の君臣はへとへとになるほど気をつかわなければならない。それよりも穆王を孟諸沢へさそえば、応対も楽で、費用がすくなくてすむ。

「狩猟か。よかろう」

という穆王の機嫌のよい声をきいた華御事は、いそいで宋都にもどり、憂鬱そうな昭公を説いて、穆王に随行させた。このときの昭公のおもわくは狩りにはなかったのであろう。気乗りうすな表情をあらためなかった。

孟諸沢で、小さな事件が生じた。が、宋人にとっては大事件であった。

狩りは軍事訓練といってよく、戦場にのぞむときのように、左右の陣と本陣をかまえる。右翼を昭公がうけもたされた。楚の左司馬《さしば》である子舟《ししゆう》（文之無畏《ぶんしむい》）は、あらかじめ、

「夙《つと》に、車に馬をつなぎ、火をかかげよ」

と、昭公に伝達していた。夜が明けきらぬうちに左右の陣は動いて、禽獣《きんじゅう》を林から追いだし、本陣にいる主人の狩りを補助するのが常道である。むろん昭公がそれを知らぬはずはなく、

「わかりきったことをいう」

と、不快さをかすかにあらわした。昭公の念頭には自分がおこなう狩りがあり、その開始を自分なりに想定していた。穆王に心服していない昭公に、気づかいがあろうはずもなく、また昭公を輔佐していた華御事にもぬかりがあったといわざるをえない。戦わずして宋を降した穆王の心事はつねとちがうのである。おのれの威光の遒《つよ》さをたしかめたおもいの穆王は、昂奮をひきずっており、意欲にあふれていたため、星の輝きがおとろえぬうちに目をさまし、すばやくからだを動かし、朝食をとる間《ま》もおしみ、

「さあ、はじめよ」

と、左右に命じた。

ところが本陣の合図に応じたのは左翼だけであり、右翼には炬火《きょか》が灯らなかった。穆王は気がみじかい。怒らせたら死者がでる。

はっと青ざめた子舟は、

——宋公は何をしている。

と、心のなかで叫び、右翼の陣へ走った。このころようやく昭公は車に馬をつなぎ、炬火をかかげさせた。すでに左翼の陣は動いている。宋の陣の魯鈍《ろどん》さをみて、目を瞋《いか》らせた子舟は、

「命令を何とこころえておられるのか。背違者は罰せられますぞ」

と、昭公にむかって叱声を放ち、鞭《むち》をあげた。かれは激情をおさえきれなかったこともあるが、こうでもしなければ、このたるみきった陣は動かない。しかしさすがに宋の君主をその鞭で打ちすえるわけにはいかず、昭公のかたわらに立っていた御者《ぎょしゃ》を強烈に拷《う》った。それを目撃した臣下はいっせいにおどろき、慍然《うんぜん》としたが、子舟は黙殺し、鞭を高々とあげて、

「楚王の命令にそむく者は、何人《なんぴと》でも赦さぬ。はやくだせ」

と、宋の陣中に徇《ふ》れた。

昭公は血がでるほど強く唇を嚙んだ。他国の左司馬に鞭で打たれたようなものである。これほどの恥辱は一生のうちに二度とあるまい。宋の群臣も、ここではその無礼をとがめるわけにはいかなかったが、狩りがおわったあと、いちように怨憤《えんぷん》し、

「子舟は宋の仇である」

と、語りあった。

子舟のしうちを怨んだのは昭公もおなじであるが、それでもかれは楚の盟下から脱《ぬ》けなかった。宋が楚にそむいたのは、穆王が死去してからである。それほど穆王は恐ろしい王であったということができる。

孟諸沢で昭公に恥をかかせたのが子舟であることはたしかであるものの、そこでの狩りを企画した華御事に責任がないとはいえない。目くばりに疎漏《そろう》があったことも事実であろう。

華御事はこの事件ののち、一年もたたぬうちに亡くなっている。あとをついだ華元に昭公の温言がくだされたことがなかったので、

「この家は、君に怨まれている」

と、家宰はつい口走るのであるが、それはあながち過慮ともいえまい。華元が冷遇されているのはまぎれもない。

だが、宋の貴族のあいだで、華元は無視されているわけではない。

華元は人をつつみこむ独特なふんいきをそなえており、初対面の者は目前の大ぶりな容姿に気圧されることはあるものの、その対話者の明るい磊落《らいらく》さに気づくと、心気にのびや

かさをおぼえて肚裡《とり》がさわやかになる。華元は人を打ちまかすようなすぐれた見識を披露することはなく、常識家の域をでないといえばそうにちがいないが、意見が棘《とげ》を立てそうになると情でくるむような話しかたをする。つねに国を愁えており、

「盟《ちか》ったことを棄てることは、みずからの信を棄てるようなものです。小国である宋は、大国を頼るしかありませんが、信を立てなければ、大国に棄てられ、ついには天に棄てられます。わが国はいちど天に棄てられたがゆえに、天を恐れねばならぬのです」

などと、いう。

華元のいう、わが国、とは、宋のことではない。宋の前身である商（殷）のことである。この時点からおよそ四百年前に、商帝国は周の武王によって倒された。天命は商を去り、周にくだった、と周人はいう。その後、周王室は武王の子の成王のときに、商王室の血胤をもつ微子《びし》を宋に封じて建国をゆるした。それゆえ宋は商の遺民の国であるといってよい。

商の遺民の感情は複雑である。つまり商を倒した武王に怨みを感じ、宋を建てさせてくれた成王に恩を感じた。さらにいえば、宋の建国当時、成王は幼く、封建のはからいは成王の叔父の周公旦《たん》からでたにちがいないので、周公旦にも敬意をおぼえたということである。その周公旦の子孫の国が、宋の東隣（正確には東北方）にある魯《ろ》であるから、宋の国民は魯にたいして悪感情をもっていない。

宋にひとりの英主が出現した。

「襄公《じょうこう》」

である。周王室の力が衰弱すると、時代は天下の主宰を周王にではなく諸侯のなかでもっとも力のある者にもとめた。覇者の時代の到来といってよい。諸侯の盟主となり、天下を運営することができる者として、東方の斉《せい》の君主である桓《かん》公が国の内外の輿望《よぼう》の上に立った。桓公は王とよばれることはなかったが、実質的に、覇王であった。その桓公の時代が終焉《しゅうえん》をむかえるころ、宋の襄公が諸侯を総攬《そうらん》する力をたくわえ、桓公の逝去《せいきょ》後に、諸侯の盟主になった。が、襄公にとって不運であったのは、南方に本拠をかまえていた楚が急速に肥大化して、中原《ちゅうげん》へ進出する野心を露骨にみせたことである。南蛮の国といってよい楚の北上をおさえようとした襄公は、ついに楚軍を邀撃し、首都の商丘に近い泓水《おうすい》という川をはさんで決戦におよんだ。ところが襄公は卑怯なことがきらいな性《たち》で、川を渉《わた》りはじめた楚兵を攻撃せず、敵の全軍が渉りきるのを待って攻撃を開始したので、惨敗を喫した。無用のおもいやりのことを後世の人は、その故事を引いて、

「宋襄の仁《じん》」

と、いうようになったが、襄公は楚の進撃をとめられなかったばかりか、自身も重傷を負い、この決戦の翌年に歿した。襄公の死は、宋の国民に深い失意をあたえた。

——やはり宋には天祐がない。

という認識ほどやるせないものはない。華元は襄公死去の年に八歳であったが、一族に戦死者が多くでて、家中が暗く沈んだふんいきであったことをおぼえている。

「子姓《し》はもはや隆昌を得ることはない」

というあきらめに染まった思想を、華元が知ったのは十歳をすぎてからである。諸国の公室にはそれぞれ姓がある。周王室とその分家はすべて姫《き》が姓である。宋の北方に位置する曹《そう》も、西方に位置する鄭《てい》も、西南方の蔡《さい》も、東北方の魯も姫姓の国である。周王朝がひらかれたとき、姫姓の国は七十以上あったといわれる。それにひきかえ子姓の国はじつにすくない。いちど天下を治め、失敗した王室の姓は、二度と興ることがないといわれる。夏王室の姓が姒《じ》であり、商王室の姓が子である。そのふたつの姓をもつ者は、これから永々とつづく歴史のなかで、ひっそりと生きてゆかねばならぬというわけである。

華元の家は、宋の公室の分家である。

周王朝に幽《ゆう》王という暗昧《あんまい》な王がでたとき、宋の君主を、

「戴《たい》公」

と、いい、この戴公の在位中に、幽王は笑わない妃である褒姒《ほうじ》を愛したがゆえに、王朝を崩潰《ほうかい》させたのであるが、戴公は周王室の内紛にまきこまれることなく生涯をおえた。戴

公の子であった公子説《こうしえつ》が華氏の始祖である。となると、この家は百五十年ほどつづいてきており、華元が五代目の当主である。むろん華元の姓は子であり、氏は華とも戴ともよばれる。戴が戴公からきていることはいうまでもないが、華についてはふたつのことが考えられる。始祖の公子説の食邑の名が華であったか、かれのあざなが華であったか、ということである。

父の華御事は亡くなるまえに、奇妙なことをいった。

「祖父が犯した罪を、わが父とわしとで償《つぐな》ったつもりだ。悪事が消えるには、当人をふくめて三代かかる。なんじには天譴《てんけん》はおよぶまい。それにわが君は無道だ。仕えぬほうがよい。宋に正道をとりもどすのは、もしかすると、夫人王姫《おうき》かもしれぬ。恐れ多いことだが、王姫には、ひとつ大きな貸しがある。なんじの福として復《かえ》ってくるかもしれぬ。わが家は右師《ゆうし》の家だ。いまや、それを知る者はすくないが、なんじは忘れてはならぬ」

これは遺言といってよい。貽謀《いぼう》のふくみさえある。

華御事の祖父は、華元にとって曾祖父である。この曾祖父は、

「華父督《かほとく》」

と、よばれ、名門意識の強い人で、欲望も旺《さか》んであった。当時執政であった孔父嘉《こうほか》の妻

を路上でみかけ、その美貌に魅せられたように、

「美にして艶なり」

と、つぶやき、ほどなく私兵をもって孔父嘉の邸《いえ》を攻めて、孔父嘉を殺しその妻を奪い取った。ちなみにここで殺害された孔父嘉は魯の孔子の先祖にあたる。ときの君主は殤《しょう》公であったが、華父督の横暴を怒ったため、

「うるさい」

と、いわんばかりに華父督は殤公を弑《しい》した。執政と君主を亡きものにした華父督は、つぎの君主を擁立するうえで一計を案じた。国内にいる公子を立てるとあとがめんどうなので、隣国の鄭に話をもちかけ、鄭の人質になっていた公子をもどしてもらい、君主の席にすえた。これが荘《そう》公である。荘公は殤公の子ではなく、いとこであり、殤公の在位がつづくかぎり他国で暮らさねばならぬと鬱快《うつおう》に染まっていたが、降って湧いたような報せに喜々として帰国し、華父督をねぎらった。華父督の謀計は破綻をみせず、自身は執政におさまった。荘公が亡くなり、荘公の子の閔《びん》公の代になっても、なお華父督は執政の席にすわっていた。ところが、閔公と寵臣とのあいだにおこった事件にまきこまれて、華父督は横死した。かれは天に罰せられたといえなくない。

むろん華元は先祖の功罪について悉知《しっち》している。

が、父の華御事が夫人王姫に恩を売った件については、ほとんど知らない。

——何のことか。

と、おもったものの、華元は好奇心をおさえる心力をもっており、すぐに家臣に問うことをせず、父の喪をのぞいてから、家宰に問うた。

「襄夫人のことですか」

と、家宰は声を低くした。夫人王姫は襄夫人ともよばれる。その襄は、襄公のことである。わずらわしいことかもしれないが、不慮の死をとげた閔公のあとに君主として立ったのは、閔公の弟の桓公であり、桓公の子が襄公なのである。即位の順に宋の君主をならべてみると左記のようになる。

殤公——荘公——閔公——桓公——襄公——成公——昭公

覇気のあった襄公は諸侯をまとめ、周王を尊重する意向を表明したので、周王は襄公とのむすびつきを強めるために、王女を宋へ降嫁させた。襄公夫人となった周の王女は宋では王姫とよばれたのである。

襄公の在位期間は長くない。十四年である。おそらく周王は、覇者であった斉の桓公が亡くなったあと、王女を宋へ送ったであろうから、王姫が夫人として幸福な時をすごしたのはわずかであったというべきである。ほどなく襄公は楚軍と戦って負傷し、その傷が悪化して死去した。直後、新君主として立った成公は、むろん王姫の子ではない。その成公の在位は十七年である。この間、王姫は君主の義母として後宮で重きをなした。いちど楚に入朝した成公が、晋の文公の声望の高さを知って、楚をはなれて晋と訂盟したのは、王姫の勧めもあったからではないか。が、王姫の不幸は成公の死とともにおとずれた。

成公の子の昭公は、即位するや、敵対してきた公子たちを放逐《ほうちく》しようとした。危険を感じた公子たちは、いちはやく起《た》って昭公を急襲し、大臣らを公宮で殺害した。宋の柱石というべき公孫固《こうそんこ》はこのとき斃死《へいし》した。かろうじて落命をまぬかれた昭公は、重臣の斡旋を容れて、叛乱者たちと和解した。王姫はこのなまぐさい乱の風にさらされたわけではないが、ほどなく冷遇という寒風に打たれた。昭公には王姫への尊敬の念がかけらもない。また襄公の寵愛をうけて子をもうけた後宮の女たちは、突然正夫人の席にすわった王姫を憎み、その感情のなかで育った子や孫は、公子や公孫として成人となり、王姫に復讎するがごとく、王姫を貶《おと》しめるように昭公にすすめた。

身辺がひえびえとした王姫は、自尊心だけは温めており、ひそかに華御事を招き、

「これらの者を、永遠に遠ざけてくだされ」

と、三人の名をあげた。殺せ、というのである。じつは四人の名をあげたかったのであろうが、さすがにはばかり、三人でやめたというのがより真相に近いであろう。その三人とは、襄公の孫にあたる孔叔《こうしゅく》と公孫鍾離《しょうり》、それに公子卬《ごう》である。公子卬は司馬の職にある大物である。しかも昭公の弟である。

おもわず息をのみ、矯首《きょうしゅ》した華御事に、

「君はお喜びになりますよ」

と、王姫はこともなげにいった。このあたり王姫はただの貴女ではない。政治が内含しているからくりをわかる人であるといってもよい。

王姫が名をあげた三人は、昭公に重用されているようにみえるが、孔叔と公孫鍾離はさきの叛乱にくわわっており、公子卬は昭公が横死した場合に君主の席につく人であった。昭公の心裏にある感情を察すれば、その三人を消したことをとがめるどころか、ひそかに喜ぶであろう、というのが王姫の読みである。が、実際は、その三人は悪いゆきがかりを捨て本心から昭公を佐《たす》けようとしており、その三人がいなくなれば昭公の力は弱まり、しかも昭公はそのことに気がつかない、と王姫は見通している。そういう機微を華御事は必死に理解しようとした。まかりまちがうと、華氏一門は宋に住めなくなる。

「華氏、否という返辞では、この室からだしませぬ」

王姫にするどく直視された華御事は、威に打たれたようにひれ伏して、

「早々に決行いたします」

と、いわざるをえなかった。たいへんなことをひきうけた、というのが華御事の実感であったろう。王姫の威光が宮中を照らしていたのは先代の成公のときまでで、当代の昭公には憎まれ、宮中の片隅に追いやられて、かつての威光ははなはだしく衰えている。その王姫の内命で顕臣を伐《う》ったとわかれば、昭公の猜疑《さいぎ》にさらされ、しかも救解してくれそうな重臣はみあたらない。

――どうしたものか。

華御事は自身では決断することができず、戴氏の有力者をひそかに招いて咨《はか》った。戴公の子孫の家は華氏ばかりではない。大族である楽《がく》氏や皇《こう》氏、それより小さな老《ろう》氏も、戴公からでた血胤をうけついでいる。楽氏の当主である楽豫《がくよ》は、昨年司馬の職を辞した。叛乱に手を貸したのではないかと疑われたせいであるが、昭公にきらわれたためであるといったほうが早い。したがって戴氏の族のなかで国政に参与する地位にあるのは華御事ただひとりで、楽氏も皇氏も冷遇されている。

「たとえ王姫の内命による挙兵でも、これは叛乱とみなされる。わしは決行すると王姫に誓ったが、この誓いは破棄することができる」

と、華御事は述べた。出席者はいちようにおどろいて、しばらく意見を述べる者はいなかった。やがて楽豫が、

「叛乱になるかならぬかは、桓氏のでかたしだいだな」

と、思慮深げにいった。襄公の父である桓公の子孫は多くの家を立てた。その当主が閣僚としてずらりとならんでいるというのが、いまの閣内の実態である。かれらがこの一挙を叛乱とみなせば、戴氏の族は宋の最大勢力と敵対することになり、まず敗退はまぬかれない。

「あるいは——」

と、声をあげたのは華耦《かぐう》である。この男は華氏の傍流にいるが有能さは族内では知られ

ている。

「あるいは桓氏は王姫に同情があり、王姫は桓氏が動かぬとみて、わが族に声をかけたのではありますまいか。動かぬというのは、われわれが動いても、桓氏は目をつむっているということです」

「ふむ、華耦よ、推測によりかかって挙兵はできぬ。確証が欲しい」

と、楽豫は深みのある声でいった。

「わたしがさぐってみます」

即答した華耦は桓氏の族人にあたった。それから数日後にふたたび会合があり、その席でかれは、桓氏の大臣の誓約書をみせ、

「この通り、桓氏はわが族の一挙をさまたげません」

と、胸を張っていった。華御事はその誓約書を穴のあくほどみつめてから、華耦に顔をむけて、

「なんじには胆知がある」

と、ほめた。たとえ華耦が桓氏に知人をもっていても、大臣の誓約書をとるには大胆さと知慮とが要る。ただしこちらが事をおこしてから桓氏に、誓約など知らぬ、といわれればそれまでだが、華耦が感じた風は逆風ではないらしい。

――やるか。

華御事の心の声はそういった。

「王姫の内命をうけたのは、わたしであり、一抹《いちまつ》の不安を感じたため、かたがたの知恵を拝借したが、協力を乞うてはいない。迷惑がおよぶ恐れがあるので、内命の遂行は、わたしと華耦とでおこなう」

つまり華氏だけで決行すると華御事はいった。すると楽豫は口もとに笑みをみせ、

「そうかたくなになることはない。戴氏は、扶《たす》けあってきた。これからもそうでなくてはならぬ。わが家は兵をだすよ」

と、軽みのある口調でいった。皇氏もすぐさま同意した。

「それはかたじけない」

頭をさげた華御事は、計画をねりあげた。この計画にそって戴氏の族はいっせいに兵を挙げ、あっというまに孔叔と公孫鍾離、それに司馬の公子卬を斃《たお》した。それをみとどけた華御事はひそかに王姫に復命した。

この時点でも、桓氏は鳴りをひそめていた。ひとり桓氏の族人で、司城《しじょう》の職にあった蕩《とう》意諸《いしょ》が、難を避けて魯へ亡命した。かれは昭公への忠誠が篤い大臣で、戴氏の一挙が昭公の幸臣をのぞくためのものであるとおもいこみ、いそいで国をでたのである。のちにかれ

は宋に帰国して復職した。王姫の憎悪は蕩意諸にはむけられていなかった。

その王姫は、にこやかに華御事に褒詞をくだしたあと、

「宋のために、邪は、のぞかねばなりませぬ。なんじは右師《ゆうし》の家に生まれながら、司寇《しこう》でいる。わたくしに力があれば、なんじを右師にして、宋を匡《ただ》すことができるのに……」

と、いった。

右師は右大臣といいかえてもよい。宋の六卿《けい》とは、右師、左師《さし》、司馬、司徒、司城、司寇であり、他国でいう正卿には右師と左師があてはまる。

華御事は王姫のことばにひそかに感激して退室した。それからほどなく、空いた司馬の席に華耦がすわったので、華御事は啞然《あぜん》とした。なぜそうなったのか見当もつかない。

「華耦は、ずいぶんきわどいことをやったらしい」

と、かれは家宰に語った。

華御事の死後、家宰は華元に問われて、なつかしさをこめて委細を述べた。

――そういうことがあったのか。

父が王姫の内命によって荒療治をおこなった年に、華元は二十六歳であった。が、その件にまったく関知しなかったのは、父の配慮があったからではないか。どうころぶかわからない一挙に、嫡子をかかわらせたくないという父のおもいやりを、華元は痛切に感じた。

「わしは良い父をもった」

とのみ、華元は家宰にいった。家宰は急に落涙し、涙をぬぐってから、

「そのおことばこそ、先主へのご供養《きようよう》になります」

と、新しい主君が凡器ではないことを祝うようにいった。

昭公に冷遇されてここまできた華元は、

――わが君は無道だ。仕えぬほうがよい。

という父の遺言を守ってきたともいえる。昭公は即位して九年になる。昭公の評判はかなり悪い。およそこの君主は、自身のことにのみ関心があり、臣下をいたわるということを知らない。

一昨年、高哀《こうあい》という卿が宋から魯へ亡命したが、その理由は、

「宋公は不義である」

ということであった。かれは昭公の不義の内容を語らなかったが、国内にいる貴族の多くはおもいあたることがすくなくないとみえて、

「君が晦惑《かいわく》のなかで斃れるのは、さほど遠いことではない」

と、ささやきあった。ところでこの時代にまだ孔子は生まれておらず、むろん儒教も確

立されていないので、義ということばに儒教的な色彩はほどこされていない。義は信と対をなすもので、それは国君がくだす命令をいうのであろう。その命令に正しさがなく、転変するものであるときに、不義とよばれるのではあるまいか。

「乱になる、というのうわさもあります」

と、耳が早い家宰はいった。華元は眉をひそめた。

「乱……、たれが兵を挙げるのか」

「公子鮑《ほう》です」

「あの美公子がか……」

公子鮑は昭公の腹ちがいの弟である。

先代の成公の子について、『史記』は昭公を少子（末子）と記している。末子より下の子はいないはずであるが、君主の複数の夫人のうちにはいらぬ媵妾《ようしょう》の腹から生まれた子は、後継の席次からはずされたがゆえに、数にはいらないといえよう。『春秋左氏伝』には公子鮑の同母弟である須《しゅ》の名もみえる。『史記』の記述にもどると、成公が亡くなった直後に、

――成公の弟禦《ぎょ》、太子および大司馬公孫固を殺す。

と、『春秋左氏伝』とはちがう乱の消息をつたえている。そのあたりの事情に『春秋公《く》

羊伝《よう》』と『春秋穀梁伝《こくりようでん》』はいささかもふれていない。

とにかく成公には、太子、昭公、公子鮑、公子須、それに戴氏に急襲された公子卬という、すくなくとも五人の子がいたことになる。

宋の君主の席から絶望的な遠さにいた公子鮑がちかごろ光彩を放っている。

数年前に、宋に飢饉があった。そのとき公子鮑は自家が所有する穀物をのこらずだして飢えた人々にほどこした。また、七十歳以上の老人には飲食物を贈り、ときには珍味をそえた。

君主や卿がおこなわねばならぬ恤問《じゅつもん》を、公族のひとりにすぎぬ公子鮑だけがおこなった。

——公子鮑には大望がある。

と、華元はみた。ただしその大望を実現化する手段に不透明さと不明朗さがある、と華元は感じている。

公子鮑の人気は年々高くなっている。さらに公子鮑はおどろくほど美しい。

「ご存じですか、公子鮑は、桓氏と親交をむすび、六卿には一日もかかさず伺候しているとのことです」

と、家宰は拾収したうわさを語《つ》げた。

「徳を積むのは、よいことだ」

「が、華氏には目もくれません。それが徳を積むことになりましょうか。権威に佞媚《ねいび》して、よからぬことをたくらんでいるようにおもわれます」

「乱を起こせば、乱に斃れる。とくにわが家では、それを忘れてはなるまい。いまの君が国人に不人気でも、公子鮑が君を弑すれば、わしは公子鮑に与力をせぬ。となれば華氏はわしの代でも栄えることはない」

「いたしかたありません」

家宰は苦笑した。かれはそういう華元の心構えを支持している。

ところが、運命の力が華元を放置しておかなかった。

地の章

密事というべきものがある。

そのことは家宰《かさい》の耳にはいっておらず、華元《かげん》もくわしくは知らない。

公子鮑《こうしほう》と王姫《おうき》の関係である。王姫ははじめ公子鮑の美貌に興味をもった。しかし公子鮑がぞんがい硬骨の人であることを知るや、かれの恤民《じゅつみん》の思想に共鳴して、その善行を陰助するようになった。宋《そう》の昭公の無道ぶりが激しさをましたことで、正道の守り手であると国人にみなされている王姫は隠然たる力を回復しつつある。

この王姫が公子鮑に助言をあたえた。

「公子は毎日六卿に伺候し、国内の人材をことごとく聘召《へいしょう》しているようですが、将来この国の人心をたばねてゆける人物は、そこにはいますまい」

揶揄《やゆ》ではない。王姫が国内をみわたす慧眼のすごみをおもったほうがよい。

「偉材は、わたしの目には映りませんか」
公子鮑は苦笑した。ふしぎなことにこの公子の笑いには艶《つや》がある。
王姫は六卿といったが、この年（宋の昭公の九年）には四卿しかいない。
公孫友《こうそんゆう》
鱗鱹《りんかん》
華耦《かぐう》
蕩意諸《とういしょ》
がその四人であり、公孫友が宰相であるとおもえばよい。公孫友は桓《かん》公の孫であり、名宰相であった公子目夷《こうしもくい》（子魚《しぎょ》）の子である。王姫は公孫友を、
「争臣でも佞臣《ねいしん》でもない老いた凡器です。仕えにくい君に仕えてきたことにとりえがないとはいえませんが……」
と、辛《から》く評す。国政をあずかっている者がすべて老いた凡器であるとはいわないが、少壮の者はひとりもおらず、かれらのいる閣内に生気がない。公子鮑に君主の席がまわってきた場合、それらの大臣を閣内にとどめておいては、政治に新鮮さがない。したがって公子鮑が閣僚に挨拶を欠かさないことは、政権を奪取する下ごしらえになるとはいえ、聴政をはじめたときかれらとのつながりが桎《あしかせ》になる。

「人民は、君と大臣とを見放しています。その大臣に敬意を表わしつづけている公子を、人民はどうみているか、お考えになったことがありますか」

「いえ……」

さすがに公子鮑はことばをにごした。

「その敬意がうわべのものであり、公子が君主の席を襲ってすぐに大臣を竄貶《ざんぺん》させたら、公子は陰黠《いんかつ》な人とみなされ、国民の信を得られぬでしょう」

「困りましたな」

「困ることはありません。そろそろ迂路《うろ》を歩むのはやめて、大道にでるべきです。大道を歩もうとする者を同伴者に選ぶべきです」

この王姫のことばは公子鮑の耳に痛い。公子鮑は群臣と庶人が昭公から離心するときをとらえて、兵を挙げるつもりである。昭公を弑《しい》するようになっても、それはやむをえない。その一挙において、こころだのみにしているのは桓氏の族の応援である。桓氏さえとりこめば、君主の席を取れる、と信じてきた。ところが王姫は、

——桓氏など、真に頼れるものではありません。

と、暗にいっている。むしろ、のちに桓氏は足手まといになる、とさえいっている。

公子鮑は動揺した。

「恐れながら、同伴者はどこにいるか、ご教示をたまわりたい」

「たやすいことです。大夫《たいふ》のひとりです」

王姫はすずしげにいった。

「姓名は――」

「華元……、この者とともに宋を粛清し、再建なさるがよい」

「華氏ですか」

宋の公子として生まれた者は、かならず華父督《かほとく》の大逆と専政についてきかされる。公室にとって華氏の家は気をゆるせない最《さい》たるものである。華氏がのさばるようになると、公室の権威が縮小する、とこの頭脳明晰な公子鮑でさえ生理的に華氏を嫌い、華氏の本家の当主を本能的に恐れている。

「公子がほんとうに宋の人臣のことをおもえば、君を追放し、桓氏をしりぞけねばならぬでしょう。ただし、そうすれば人心は定まらない。人心の揺れをしずめるのは華元しかいません」

王姫は華元が貴族のあいだで信望を高めていることを知っている。しかも華元は庶民に人気がある。

――大事を決行するのに、桓氏を棄てて、華氏を頼れ、と王姫は仰せになるのか。

公子鮑は困惑で顔をゆがめた。

数日間、公子鮑は外出せず、家臣に華元についてしらべさせた。それからおもむろに腰をあげた。

——傲慢な男ではないらしい。

このことが公子鮑をほっとさせた。華元は陽気な質《たち》であるらしいが、軽佻《けいちょう》ではなく、かつて他の貴族と争ったことがないことから、温藉《うんしゃ》をもちあわせているようである。それよりも公子鮑をおどろかせたことは、華元が若いということである。

「三十四歳であるとおもわれます」

と、家臣はいった。むろん公子鮑は華元をみかけたことがある。そのとき、四十歳以上にみえた。

——まだそんな齢か。

三十四歳の大夫に輔成《ほせい》の器量があるのか。それをたしかめるために、華元と面談する必要があるが、そのまえに、慎重なかれは華氏の族でただひとり卿の位にいる華耦に誼《よしみ》を通じた。ちかごろ華耦は体調がすぐれず、家のなかですごすことが多い。公子鮑の突然の訪問を知った華耦は、

——うしろに王姫のご意向がある。

と、すぐに察したが、それをいわず、面談をかさねることにした。やがて華耦は年内に公子鮑が兵を挙げると予感した。そのとき公子鮑は華氏と組みたいらしい。公子鮑はあれほど桓氏と親密であったのに、これはどうしたことか、と華耦は怪しんだ。あるいは公子鮑は桓氏から離れたのではなく、その大族との紐帯の固さを確信して、安全のために、つぎに華氏とむすぼうとしているのか。そのあたりが不透明である。

——寝ているわけにはいかぬ。

華耦は体調のよいとき、公子鮑をいざなって、華元の家へ行った。華氏の族人を動かし、戴《たい》氏全体に号令をかけるのは、華耦ではなく華元なのである。この華元が巨《おお》きな体軀《たいく》にやわらかい表情をのせて、公子鮑を迎えた。すでに華元は華耦の子の華弱《かじやく》から、

「公子鮑は君主の席を奪うつもりです」

と、きかされている。

——これが叛逆をたくらんでいる者の貌《かお》か。

華元は公子鮑を直視した。美貌だな、とおもい、さらに、美貌の者には悪人が多い、とおもいあたっておもわず心中で哂《わら》った。

鼎談《ていだん》になった。

公子鮑と華元、それにときどき咳をする華耦が室内にいる。

「華氏を恃《たの》みたい。できれば楽《がく》氏と皇《こう》氏にも協力してもらいたい」

公子鮑はおもいきって華元に頭をさげた。

「はて、さて、公子は何をなさるのですか」

と、華元はとぼけた。かれは悪の臭いのする密談を好まない。人がけわしさを露骨にみせて語りあう図は醜悪なものである。こういう華元の気分がわからない公子鮑は、ひたむきな意《おも》いをかるく払われた感じで、かすかに慍色《うんしょく》をあらわしたが、すぐに感情を殺して、

「宋に正道を回復したい」

と、いった。むろんことばにいくぶん飾りがある。君主を殺したい、とは、口が裂けてもいえない。

「古昔、商（殷）の受《じゅ》王（紂《ちゅう》王）が無道であったとき、庶兄の微《び》子《し》は受王をいさめ、その諫言《かんげん》が棄てられたと知って、商を去りました。いまの君が無道であれば、庶弟である公子がいさめるべきであるのに、そうなさらず、正道を回復なさりたいと仰せになる。道理がみあたらぬとおもうのは、わたしだけでしょうか」

正論を吐いた華元は、華耦に目をむけた。華耦は困惑ぎみにまばたきをくりかえした。

公子鮑は眉をあげ、口をむすんだ。このおおらかな体貌をもった男から発せられた声が清《せい》

洌《れつ》であったことに公子鮑はおどろいた。華元とはこういう男か、と意外なおもいに打たれた。しばらく黙っていた公子鮑は、

「微子は受王の兄であり、わしは君の弟である」

と、苦しげにいった。子は父の誤りを匡《ただ》さず、弟は兄を批判しないのが、孝悌《こうてい》である、と暗にいったのである。

「なるほど、むかし周王室でも、四男の周公旦《たん》は三男の管叔鮮《かんしゅくせん》に諫言を呈さず、いきなり誅殺しました。そういうものかもしれません」

　華元はきわどいことを豊かな声でいう。

　外では秋の風が吹いているのに、公子鮑のひたいに汗が浮かんだ。

　いごこちの悪そうな公子鮑を華元は観察しつづけている。かれはどちらかといえば公子鮑に好感をいだいていた。自分の欲望を秘匿《ひとく》して、人民を慰恤《いじゅつ》し、大臣に媚付《びふ》したにせよ、公子鮑の慈善によって救われた民がいたことはたしかである。公子鮑に直接に晤《あ》ってみても、

　——この人は大悪人だ。

とは、おもわなかった。たとえ悪心をもっていても、うわべの善行をつづけ、生涯をおえれば善人なのである。公子鮑は国民から善良な公子であるとおもわれている。その公子

から、

――謀叛にくわわれ。

と、誘われても、ことわりたい。自身のためにも公子鮑のためにも断固そうしたい。この公子には、宋に正しい政治を実現したいという願望があるのはたしかである、と華元はみた。それなら公子鮑は手段をえらぶべきである。

「華氏……、わしはどうすればよいのか」

ついに公子鮑は途方に暮れたような表情をした。

「ご自分で兵を挙げてはなりません。賊を用いて君を弑してはなりません。宋が公子を必要とするまで、耐えて、お待ちになることです。わたしも耐えております」

華元は光る目を公子鮑にむけた。

――耐えよ、か。

公子鮑は華元より年齢は上である。華元も耐えてきたかもしれないが、公子鮑はかれより十年以上も長く耐えてきた。耐えがたくなったがゆえに、挙兵を考えはじめたのである。この挙兵は暴挙ではなく、充分に理由と勝算とがあり、しかも人臣に支持してもらえるという自信さえもっている。が、華元にいわせると、その行動は宋に公子鮑が必要であると強引に認めさせることであり、宋がすすんで認めたことにはならない。

公子鮑は肩を落として華元の家を去った。室内に残った華耦は、

「なるほどあなたは華氏の本家の当主にふさわしい。乱につけいって利をとれば、その利が刃となっておのれを刺すことがわかっている。華氏はやがて栄えるでしょう。公子の忍耐は一代だが、華氏は三代にわたって耐えている」

と、かすれた声でいった。

華元は目で笑った。

「わたしは王姫にためされたようだ」

帰宅した公子鮑は一夜熟考してから、弟の公子須《しゅ》のもとに人をつかわして、

「桓氏とのつきあいは、さしひかえるように」

と、釘をさした。公子鮑は王姫の助言を容《い》れて桓氏から遠ざかりつつあるが、国内で最大勢力をもつ桓氏と絶交することにはすくなからぬ不安をもち、異腹の弟の須をつかって、良好な関係を保持させた。が、華元に会ってから、考えに考えているうちに、桓氏のありかたに疑念をもった。桓氏は、

「公子が蹶起《けっき》なされば、協力をおしみません」

と、いう。公子鮑は自分が起《た》つことが宋を匡正《きょうせい》することになると信じつづけてきた。桓

氏もおなじことをいう。が、よくよく想えば、匡正せざるをえない政況をつくったのは、桓氏ではないか。華元に、微子、といわれてはっと気づいたのであるが、受王を諫《いさ》めた比《ひ》干《かん》のような争臣は、閣内にひとりもいない。昭公の政治が悪政であるというのであれば、その悪政に力を貸してきたのは、ほかならぬ桓氏である。わが身をたださず、悪を君主におしつけ、しかもその悪を君主の弟に伐《う》たせようとする桓氏と組もうとした公子鮑は、腹立たしさと寒々しさを同時におぼえた。

——華元に会って、よかった。

会談のあとすくなからぬ憾恨《かんこん》をおぼえたが、冷静になってみると、華元に理があるとおもわざるをえない。理屈で飾ることができるにせよ、公子鮑が敢行《かんこう》しようとしていることは叛逆であり、この叛逆をいちども諫めようとしなかった桓氏は、公室への忠誠心も国家への愛情もなく、おのれの族の保全しか考えておらず、たとえ公子鮑が君主になっても、都合が悪くなればほかの叛逆者に誼を通じて君主を斃《たお》そうとするであろう。

——桓氏はそういう族だ。

目が醒《さ》めたおもいの公子鮑は、王姫に伺候した。

「華元に諫められました」

その口調には華元へのべつな感情がこめられている。王姫は目に微笑を浮かべた。この

人の美しさは知力によって発揮されるのであるが、ときどき一朶《いちだ》から芳魂《ほうこん》が立つような表情をする。往年の美しさは比類ないものであったにちがいない。
「華元は耐えよと申しましたか。嘉《よ》いことばですね。わたくしも公子も耐えてきました。それよりも、民が耐えてきたのです。耐えがたくなるのは、民のほうが先でしょう。民が擾乱《じょうらん》するまえに手を打たねばなりませんが、華元が申したように、公子は起ってはなりません。人物をみきわめることに専心なさるべきです」
王姫は目から微笑を消した。
このままでは昭公の悪政がつづく。が、華元は公子鮑に跼斂《きょくれん》をすすめ、昭公がおのずから破滅するのを待とうとしている。

すると民の屯困《ちゅんこん》は熄《や》まない。

――自分が宋に正道を復活させるしかない。

と、王姫がおもったのであるから、この人の肚裡《とり》には男まさりの強靭《きょうじん》さがかくされている。もちろん性質に勁《つよ》さがあるということだけではかたづけられないであろう。王姫は襄《じょう》公を愛したがゆえに、宋を愛したのではないか。王姫は夫の生前に光輝を放っている宋をみた。夫の死とともにその光輝は衰え、その衰態ぶりをみるにつけても、

――襄公の徳とは、一代だけのものであったのか。

と、人知れず哀しんだにちがいない。公子鮑は襄公の孫である。この公子に夫と肖《に》た光をみたというのが王姫の真情であろう。だが、この光はまだ弱い。光を消さないようにするのが王姫であり、光を強めるのは華元である。その華元について昨年から王姫は人をつかってしらべ、世評とさしてちがわない像をつかんだので、公子鮑を華元に会わせてみた。

――やはり華元には見識があり、邪心がない。

と、確認ができたことで、王姫の決心もついたといえる。

「冬をお待ちなさい」

王姫は濃厚な意味をふくませていった。

晩秋から初冬にかけて、王姫は隠然と積みあげてきた威信を発揮しはじめた。昭公から離心した国人をことごとく慰拊《いふ》し、昭公を孤立させるための手をつぎつぎに打った。地方の豪族を掌握したという事実をちらつかせて、貴重や重臣に圧力をかけた。王姫が男であれば、やすやすと公室を乗っ取ることができたであろう。昭公の命令がまったく威力をうしなったとみるや、

「君の狩猟を、孟諸沢《もうしよたく》で——」

と、ひそかに官人にいいつけた。たとえ昭公が狩猟にゆきたくなくても、ゆかせるようにしたといったほうが正しいであろう。さらに人を帥甸《すいでん》につかわして、

「孟諸沢で狩猟をおこなう者は、国の仇である。生かして帰さぬように」

と、命じた。国民をいためつけているから昭公を国の仇といったのである。帥甸とは何者であるのか、わかりにくいが、甸が田野をつかさどる人であるとすれば、それを帥《ひき》いる人をいうのであろう。郊外を監司《かんし》する長官といってよいかもしれない。王姫の命令を帥甸がつつしんで受けたところに、昭公がいかに人臣に憎まれていたかという証《あかし》があるであろう。ただし昭公の暴政の内容は史書につまびらかではない。

十月甲寅《こういん》（二十三日）に昭公は孟諸沢に出発することになった。その狩猟に司城の蕩意諸が随行すると知った王姫は、

――あの者は、殺すには惜しい。

と、おもい、出発前に密使を送った。蕩意諸は桓公の曾孫であり、当然桓氏のひとりである。かれは昭公に忠誠をささげてきた。いわば悪政の扶助者であるが、昭公に信頼されたことで驕侈《きょうし》になったわけではなく、権勢を保持するために誣告《ぶこく》をおこなったこともきこえてこない。かれの信念は、君主が名君であろうと暗君であろうと、臣下は君主に私心なく仕えるものである、ということである。そういうありかたは王姫の好むところであり、つぎの君主が良主になれば仕える蕩意諸も良臣になるのであるから、

「君から去りなさい」

と、使者にいわせた。孟諸沢へむかう昭公に随行すれば、いのちに危険がある、と示唆《しさ》したのである。が、蕩意諸はこの使者にたいして、

「臣下として君の災難から逃げれば、どうしてあとの君に仕えることができましょうか」

と、こたえた。蕩意諸は昭公しかみなかった人である。国人の災難を顧慮しなかった人でもある。それが真の忠誠であるといえるかどうか、いくぶん王姫は首をひねったかもしれない。とにかく自分の好意がしりぞけられたことを知った王姫は、ふたたび人をつかわして蕩意諸を説得することをせず、昭公の出発をものかげから見送った。

この朝、商丘《しょうきゅう》をくだってゆく馬車の多さに、いぶかしさをおぼえた者はすくなくない。

むろん王姫も眉をひそめ、

——蕩意諸が君に建策したにちがいない。

と、おもった。建策の内容はわからないが、昭公と生死をともにするつもりの蕩意諸は、昭公を救うてだてを考えたはずであり、そういう落想《らくそう》がないのなら、昭公を公宮からだすはずがない。

王姫はわずかにあわてた。推量をかさねてみてもはじまらないので、すぐさま侍女や官人に命じて昭公の宮室をさぐらせた。

「空《から》です」

という報告がとどいた。すべての財宝をもって昭公はでかけたのである。

——蕩意諸は君を他国に逃がそうとしている。

そう察知した王姫は、帥甸に急使をさしむけた。出国した昭公が盟主である晋《しん》の霊《れい》公のもとに逃げこめば、宋は晋に圧力をかけられ、王姫としてはせっかく立てた新君主を斥逐《せきちく》しなければならなくなる。最悪の場合、新君主も、その支持者も、王姫自身も殺される。

帥甸が孟諸沢の近くで兵を伏せて待っていても、昭公はそちらにはゆかないと考えた王姫は、国境の守備兵にも命令をくだした。昭公が公宮を去ったこのとき、王姫が宋の主権をにぎっていたといってよい。

だが、奇妙なことに、昭公は孟諸沢にむかった。

商丘をあとにして、すぐに蕩意諸は、

「前途には凶刃が林立しております。どうか他国へのがれてください」

と、進言した。しかし昭公の言は蕩意諸にとって意外なものであった。

「わしは大夫どもに嫌われた。嫌隙《けんげき》は祖母（王姫）にもあり、国人にもある。こういうわしを諸侯のたれが納《い》れてくれようか。わしは宋の君主となった。他国へゆけば臣下となる。臣下となるくらいなら、死んだほうがましである」

それならなぜ財宝をもちだしたのか、と蕩意諸はいぶかった。その答えは、やがてあきらかになった。夜、側近を集めた昭公は、

「よく仕えてくれた」

と、いい、財宝をわけあたえたばかりか、立ち去るように命じた。明朝、兵に襲われることはわかっており、その兵と戦って死ぬことはない、というのである。側近はいっせいに、君に殉《したが》って死にたいといったが、昭公はゆるさず、

「わしは君主として死にたい。せめてわしの命令になんじらだけは従ってくれ」

と、湿気のない声でいった。このため側近は、夜明けまえに、涙ながらに立ち去った。蕩意諸だけが私兵とともに残ったといってよい。

「なんじは去らぬのか」

「君が君として死去なさるのなら、臣は臣として死去したいのです」

「はは、黄泉へ同行してくれるのか」

「同行ではありません。黄泉においても君主であるためには、先導し随従する者が必要です」

ここまでくると、このふたりはたんなる主従ではない。夫婦に近い。倫理的というより生理的にかよいあうものがあるのであろう。

未明、蕩意諸は甲《よろい》をつけた。が、昭公は礼服に着替えた。


孟諸沢のほとりにひそんでいた帥甸は、王姫からの急使をうけて、急遽《きゅうきょ》、兵を起たせ、商丘にむかって道をいそいだ。しかし動きだしたのは、日がかたむいてからであったので、日没までに昭公を発見することができず、一夜、露営した。

黎明をじりじりと待っていた帥甸は、東の空が白むとかえって沈着になり、あわてて出発する愚かさを感じて、まず偵騎を放った。亡命のために逃走している昭公を追わなければならないとおもっていたところ、偵騎がすぐにかえってきたので、不吉のおもいに打たれたが、なんと昭公が目と鼻のさきで露宿していたことがわかり、緊張すると同時に胸をなでおろした。昭公はこちらにすすんでくるという。

——目前に敵がいることを知らぬのか。

愚蒙《ぐもう》の君とはそういうものであろう、とこの指揮官は憫笑《びんしょう》した。かれは草木のあいだに隠淪《いんりん》して、待ちかまえているだけでよかった。

ほどなく昭公の馬車を確認するや、帥甸は配下にきこえるように、

「国の仇は、あれぞ」

と、大声を放ち、いっせいに矢を射させ、戈《か》をあげた。この戦場にあって、戦わぬのは昭公ひとりで、昭公配下の兵はさいごの名誉のために死を厭《いと》わず奮戦した。とくに蕩意諸の戦いぶりはすさまじく、馬車を駆使して、縦横無尽にあばれまわり、矢が尽き、車上の武器がすべてこわれてからも、剣をぬいて戦いつづけた。昭公が車中に斃れたころ、蕩意諸も撃殺された。

この日のうちに、昭公の死を報せる使者が王姫のもとに到着した。王姫はまったく表情を変えず、

「公孫友と鱗鑵《りんかん》に公子鮑を迎えにゆかせなさい。公子鮑を即位させるのです」

と、史官に命じた。鱗鑵も桓氏のひとりであり、このとき司徒《しと》の位にいる。司徒は教育をつかさどり、文部大臣であるとおもえばよい。

宮中の奥に歩をすすめた王姫は、急にたちどまり、しばらく黙考していたが、府庫の役人を呼び、

「亡君が忘れていった財宝があれば、それを集め、しばらく人目にふれぬところに置いておきなさい。やがて新君におみせしますが、それまでなんじの責任において保管しなさい」

と、いいつけた。ことばをかえていえば、王姫のゆるしがないかぎり、たとえ新君にもそれをみせてはならぬ、ということである。ここでいぶかったり、ためらったりしないのが官吏というものであろう。この役人もすぐに、

「うけたまわりました」

と、うやうやしくこたえた。

——これでよい。

王姫はこともなげな表情で後宮にもどった。

公子鮑は、王姫のはからいによって、一兵も動かすことなく君主の席に即《つ》くことになった。

自宅で昭公の死を知った華元は、家宰を相手に、

「これが襄公の遺徳というものだ。わが父の遺徳も、わたしのような庸才《ようさい》に国家のために

つくす道を啓《ひら》いてくれた。来春、かならず晋が問責にくる。君を弑した王姫と君主になる公子鮑をかばいぬくのは、おそらくわたしであろう」

と、にこやかにいった。

風の章

昭《しょう》公の死は国民にも知れわたった。

左師《さし》の公孫友《こうそんゆう》と司徒《しと》の鱗矔《りんかん》が、吉日をえらんで、公子《こうし》鮑《ほう》を迎えにゆくことになった。この迎えをうければ、当然、公子鮑が宋《そう》の君主となる。その前日、華元《かげん》を密訪した者がいる。

司馬《しば》の華耦《かぐう》の腹心である。病牀《びょうしょう》にいて余命いくばくもない華耦が、

「公子がぶじに公宮にはいるのを、みとどけるべきです」

と、使者にいわせた。華元は首をひねった。

「亡君の側近が、途中で、公子を襲うというのか」

「臣《わたし》には、わかりかねます。主には、それだけ申し上げればよい、といいつけられました」

「そうか……」

使者をねぎらってかえした華元は、ふたたび首をひねり、家宰《かさい》を呼んで、しばらく話しあった。世知が衍《ゆた》かな家宰は、ものごとを短絡的にきめつけたり、表面をみて裏面を忘れることのない男ではあるが、このときばかりは、華耦の伝語にふくまれている他意をさがしだすことはできず、まともにうけとって、

「やはり、宮門までの道のどこかに、公子を狙う者がいるということでしょう」

と、ゆっくりといった。

「それなら司馬は、なにゆえはっきりといわぬのか」

「不確実な情報を得たからです」

「不確実な情報か……。それだけであろうか、いや、それだけではない」

考えこんだ華元をみた家宰は、家臣をつかってしらべてみましょうか、といった。華元は首をたてにふらない。家臣が都内を歩きまわってうわさをかきあつめても、しかたがない。貴門をあたってみたいが、一日しか時がないのでは、得られる情報の量は多くない。

「おもいあたったことがあれば、夜中でも、わたしに申せ」

と、いって家宰をさがらせた華元は、ぼんやりと庭の槐《えんじゅ》をながめた。樹は喬《たか》く、すっかり葉を落としている。幹が黒々としている。よくみると枝がふるえている。

「葉がなくても、風をとらえているのか」

そうつぶやいたとたん、はっと気づいた華元は、ふたたび家宰を呼んだ。

「司馬邸へゆき、一昨日と昨日の訪問客をしらべてきてもらいたい」

家の外どころか室外にさえでられぬ重病の華耦が情報を得るとすれば、見舞いの客からであろう。その客がたれであるかがわかれば、推理は前進する。

「なるほど、そういうことですか」

家宰ののみこみは早い。かれは見舞いの品を用意して、すみやかにでかけた。

寒気が強い。朝の日がすこし高くなった。

もどってきた家宰はひとりの上士の名を告げた。

「その者は桓氏の族人か」

「そうです」

華元と家宰は淡い困惑のなかで顔を見合わせた。華元はその上士とのつきあいはない。

「わたしがその上士に会ってきましょうか」

「そうだな……」

あらたにひとつのことがわかっても、それが推理を前進させる材料にならないとなれば、すわっていてもしかたがない。ここは家宰を動かして、手ごたえのあるものをつかむしかない。

この日の家宰はいそがしい。席をあたためるひまなく外出して、ほどなく帰ってきた。

「不在です。横《おう》の親戚のもとに行っているそうです」

横は邑《まち》の名である。商丘《しょうきゅう》の西方に位置し、そこまでの距離は三十里であるから、歩いて一日という近さである。

華元は急に胸騒ぎをおぼえた。

「横へゆく。馬車をださせよ」

「えっ、主がゆかれるのですか」

「そうだ」

「いまから発《た》たれると、帰りは夜になり、都の門がひらくまで露宿せねばなりません」

霜威《そうい》に打たれて車中ですごす主君をおもって、家宰は難色をしめした。華耦を見舞った上士が華耦にとっての情報源であるとはかぎらず、また、たとえそうでも、どれほどたしかなことを知っているのかわからぬではないか。家宰がそういうと、

「奇妙だとはおもわぬか」

と、華元は顔を近づけ、ただでさえ巨《おお》きな目をみひらいた。

「何が、ですか」

「明朝、公子は大臣の迎えをうけて、公宮にはいる。廟前《びょうぜん》において先君の霊にむかって即

位することを告げ、つづいて即位式をおこなう。それから群臣の朝見《ちょうけん》をうけるのがふつうであろう」

　家宰はかるくうなずいた。

「大夫はもとより上士も新君の誥《こう》をきく。それがわかっていながら、上士の身で都をはなれていることがいぶかしい」

　そうでしょうか、という顔つきの家宰は、

「その者は親戚に不幸があったので、横へ行ったということです」

と、いい、華元の出発をおもいとどまらせようとした。

「では、たしかめてくる」

　華元はおおらかな男であるが、たまに、なにかにとりつかれたようにあたりをみず、人の意見をきかず、突出するときがある。かれは虎の裘《かわごろも》をえらびはじめた。さすがにこの家は名家だけあって、防寒用の裘も高級なものがそろっている。

「いたしかたありません。わたしもまいります」

　この主従は二乗の馬車で商丘をでた。

　華元という男はみかけとはちがい感性に独特なものをそなえている。世間の者はひとく

ちに、

「勘がよい」

と、いうが、華元の場合は、経験や学識にうらうちされた勘とはちがうものをもってい
る。宋人《ひと》は伝統的に祖先信仰が篤い。その信仰心が、人の成長とともに鈍化する感性を鋭敏なものに保っているというのが華元の例であろう。ただしその鋭敏さはかれの人格をおおうほどのものではなく、部分的であるといえる。

「横へゆく」

と、華元にいわせたのは、その感性であり、それに従順な行動をとるとき、まわりの人の目に華元の行動が奇矯《ききょう》にうつる。

――むだなことをなさる。

家宰は心中でつぶやきつづけている。とにかく華元と家宰は馬車を急ぎにいそがせた。邑の門が閉じるまえに帰途につかねば、翌朝の会にまにあわない。

日がかたむいた。

横の邑に着くや、御者などとてわけをして上士の親戚の家をさがした。

「わかりました」

役人にあたっていた家宰が馳《は》せかえってきた。その家のまえに立った華元は、家宰をい

ちどふりかえってみた。

「みよ、喪中ではない」

と、その目がいっている。家宰はうなずかない。まだ、わかりません、といいたげである。門をたたくと塾《じゅく》（門部屋）から人がでてきた。華元の巨軀《きょく》をみておどろいたようである。

「新君のおいのちにかかわることで、きました」

と、華元はいい、上士にお会いしたい、と鄭重にいった。門前で拒絶されれば、それまでである。が、ふたりはなかにみちびかれた。まもなく家宰の表情が変わった。なるほど喪中ではない。みかけた家人の服装でわかる。

堂に通されたふたりのまえに、すぐに上士があらわれた。

「大夫みずからおでましとはおどろきました。司馬さまのご内意によるものですか」

「いや、卿《けい》は、病牀にあって、何もいわぬ。わが亡父が夢にあらわれ、新君があやうい、あなたに会って新君をお救いいたせとわたしに指図した、と申せば、信じていただけようか」

とても信じられる話ではない。家宰はあきれて華元をみた。が、ぬけぬけとそういった華元はいたってまじめな顔つきをしている。あるいはこの話はほんとうかもしれぬと相手におもわせる容儀が華元にはある。

――華元とは、こういう人か。

華元とはじめて直談した上士は、微《かす》かに目もとに笑いをみせ、

「夢とは、恐ろしいものです」

と、いった。華元の体貌から発せられる真摯《しんし》さをかわそうとしてうまくいかない困惑が上士をつつみはじめた。

「わたしは公子の即位を夢におわらせたくない。あなたもそうであると信じて、馬車を飛ばしてきた。公子の即位を明日にひかえてあなたがここにきたのは、後難を恐れてのことであろう。が、懸念にはおよばない。この華元があなたを全力でお守りする。新生の宋の国運にかかわることです。どうか正直にうちあけていただきたい」

遁辞をゆるさないという華元の目つきである。上士の腋の下に汗が湧いてきた。いちど目を伏せた上士は、呼吸をととのえ、

「大夫の名はわたしでも知っているように、臣民に人気がある。が、大夫は顕職《けんしょく》に就いておられず、公子にどの程度信頼されているかも量《はか》りがたい。その大夫が公子のためにぞんぶんに力を発揮できるのでしょうか」

と、訊《き》いた。

「公子は、おそらく群臣のなかで、わたしにもっとも重い信をおいてくださっている。公子が即位なされば、すぐにわかることです」

華元の言を家宰は啞然としてきいている。

「証《あかし》は、ありますか」

と、上士はさぐるようにいった。

「証は……、この貌《かお》です。妄言を吐いている貌にみえますか」

華元は自分をゆびさした。上士はほっと熱い息を吐いた。自分では笑ったつもりであるが、緊張はほぐれていない。しかし心中、この男には負けた、と感じた。いちど上士はあたりに目をくばった。それから華元の貌に目をもどし、

「ある人物から謀叛に誘われた。それは事実であり、誘いを断ったのも事実です。したがって謀叛の内容を悉知《しっち》しているわけではない。なかば推測であり、その推測が誤っていれば、誣告《ぶこく》となるので明言をさけてきたのです」

と、低い声でいった。

「そうでしょう。そうでなくてはならぬ」

華元はくりかえし大きくうなずいた。それをみた上士はほっとしたようである。

この上士は、病牀にある華耦を見舞ったとき、良心の声として凶事が公子の身に迫りつ

つあることをほのめかしたにちがいないが、華元が感じたいぶかしさはそこにあったわけではなく、この上士が華氏の族人ではなく桓氏の族人であることが問題なのである。叛乱をたくらんでいる者がいると知ったのであれば、桓氏出身の大臣にひそかに告げればよいのに、他族である華氏出身の大臣に暗示をあたえた。まずそこに華元は違和感をおぼえたのである。

そこで、この上士に会うまえに、ふたつのことを考えていた。ひとつは、叛逆する者が桓氏であるかもしれないということである。それなら桓氏の大臣が首謀者であり、桓氏の族人であるこの上士は陰謀の渦からぬけることに苦慮したであろう。ほかのひとつは、この上士は桓氏の族内で疎外《そがい》され、むしろ華耦に親しいということである。この不遇感につけこまれて、桓氏と華氏以外の貴人に謀叛に誘われたのではあるまいか。その貴人はかならず大物である。そうでなければ、この上士が保身のために商丘を去るはずがない。

「あなたを謀叛に誘った人物の名をあかしてくれぬと、あなたと公子とを守りぬくことはできない」

華元はわずかに膝をすすめた。

「申しましょう」

上士の口からでた名をきいた華元は、長太息してから両手で膝をたたいた。ゆかが揺れた。家宰は、まさか、とつぶやき、おもわず華元の背に嚙みつきそうな形相をした。

邑門が閉じるまえに二乗の馬車は外にでた。

「おどろいたな」

「わたしは、二度、おどろきました」

家宰が大仰にいうのももっともである。陰謀はひとつではない。ふたつあるのである。上士は両派から誘われた。逃げたくなったのもむりはない。

しだいに地が夜の闇におおわれてゆく。馬車に炬火がともされた。寒気の強さを感ずることなく華元は車中で考えつづけている。

血も涙もない昭公の政治を憎んだ王姫《おうき》は、国人をてなずけ、大臣の意向を確認したうえで、強硬手段をとった。そこには疎漏《そろう》がなかった。しかしながら君主の席が空《あ》いたという事実に色めき立った者がすくなからずいることまで王姫は考えておらぬであろう。かれらは公子鮑を君主の席に即《つ》かせたくない。たとえ公子鮑が即位しても、あきらめず、新君主を暗殺しようとするにちがいない。陰謀が陰謀のまま消滅するようなてだてがあれば、それが最善の策であるが、陰謀をつぶしにかかると無実の罪の者をもまきぞえにし、乱を生じさせることになる。叛乱の証拠もないのに、首謀者を誅罰《ちゅうばつ》するわけにはいかない。華元は弾圧を公子鮑に勧める気は毛頭ない。かれは公子鮑を名君にしたいのである。恐怖政治をおこなわせたら、華元は自分の手で理想をうちくだくようなものである。

そのためには、はじめが肝心である。

清浄な空気のなかで公子鮑を即位させたい。もとより流血を招いてはならず、そこには血のにおいさえただよわせてはならない。そう願うがゆえに、

——むずかしい事態になった。

と、つくづくおもう。華元はなににつけても卑劣で荒々しい手つきを好まない。政争においてもそれはおなじである。武力の行使はさいごの手段だ、ということは、べつに父に教えられたわけではない。かれのなかにおのずとできた知道《ちどう》である。はやい話が、仇敵を殺せば障害が消えるというのは嘘である。そのときつかった力が、かならずおのれにはねかえってくる。殺せば、殺されるのである。だから、人に徳をほどこすのがよい。

王姫や公子鮑にたのまれたわけでもないのに、人知れず奔走している自分は陰徳を積んでいるとおもえば、華元に不満はない。心に不満はないが、からだは、

——腹がへった。

と、感じた。朝から食事らしい食事をしていない。

商丘が近い。夜の底にいても、地形でわかる。

華元はまえを走る馬車に呼びかけてから、御者に馬車を停めさせた。家宰が炬火をもって趨走《すうそう》してきた。

「どうなさいました」

「ここまでくれば急ぐことはない。腹にいれるものを用意してあるか」

「大いにございます」

家宰の馬車には煮炊器《しやすい》、飲食器、肴核《こうかく》、菽粟《しゆくぞく》などが行橐《こうたく》にいれられて積みこまれていた。かれは御者をつかって柴をあつめさせ、自身は路傍の枯れ草をとった。それから木燧《ぼくすい》をすりあわせて手ばやく火を起こし、羹《あつもの》などをつくりはじめた。その手ぎわのよさをみた華元は、

「なんじには廚室《ちゆうしつ》をもまかせてよさそうだ」

と、褒めた。料理は味より早さ、といいたいときがある。空腹は待ち時間の長さをもっともきらう。

「おお、できたか」

羹のはいった器の熱さがこころよい。寒気のみなぎった空にちりばめられた星が冴えのある輝きを放っている。ときどきそれらの星をながめ、華元は膏味《こうみ》の羹をすすった。

「旨いな」

従者をおどろかすような声を華元が、二、三度発したのは、家宰の労をねぎらうつもりでもあったが、食事をするときには祖先の霊が降りてくるというおもいが強くあり、華元はそれらの霊に語りかけたのである。冬空の下でからだをあたためてくれる羹を口にしている自分があることを祖先に感謝するためには大声を放たねばならない、とこの男は信じている。微苦笑した従者にはそこまでの理解はなく、主君の奇癖か戯談《ぎだん》のひとつであると感じていた。

鶏《にわとり》が鳴くと都の門はひらく。

ついでにいえば王宮などで晨《あさ》を告げる人を鶏人《けいじん》という。

門前で待っていた華元は、

「あ、華大夫」

と、小さく叫んだ門衛のいぶかしげな顔を一瞥《いちべつ》しただけで通りすぎると、公子鮑の邸《いえ》へ急行した。

——公子に仕えている家宰の器量が問題だな。

とはおもうが、ときがないという意識が強く、ほかの方途をさぐるのをやめた。めざす邸に近づいた華元は、邸内の家宰に面談すべく、自家の家宰を遣《や》った。華元が公子鮑にみ

つけられると、話が極秘のまま終わりそうにない。

　やがて裏門にまわった華元の馬車は邸内にはいった。廂《しょう》に案内された華元はこの家の家宰にはじめて会った。この家宰の年齢は華元よりわずかに上といったところで、予想がはずれた。かれは寒気をふりはらっていない華元に目礼した。鄭重さがものごしにもことばづかいにもあった。

「容易ならぬことが勃《お》こりそうであるとうかがいました。それはどのようなことでありましょうか」

と、家宰は頭を低くした。

　華元の目が光っている。この男にしてはめずらしく鬼気に似たものをただよわせている。

——この家宰は密事を肚《はら》に溜めておけよう。

ばたばたと騒ぎまわるような家宰では、華元の微妙なものいいはこわされてしまう。そうでない者がこの家をあずかっているところに、公子鮑の運の強さがある、と華元は感じた。

「これから申すことは、ほとんど証拠がありません。ただしわれわれが証拠をみつけたときには、公子のおいのちが消えているでしょう」

目でうなずいた家宰はいっそう表情をひきしめた。

「主はまもなく廟前で先君の御霊に即位を告げられ、お迎えの使者とともに公宮におはいりになります。いそぎ、ご教示ください」

この家で祀《まつ》られているのは公子鮑の父の成公である。兄の昭公を祀ることはあるまい。

「危難は、おそらく、ふたつあります。ひとつは廟前に、ほかのひとつは公宮までの途《みち》に——」

と、華元は早口でいい、廟前に居並ぶ者の氏名と、かれらの位置とをきいてから、

「古礼をそこなわぬ程度に、公子のうしろと左右に人をふやし、参候《さんこう》者に気づかれぬように、籬辺《りへん》に射手をひそませてください。剣をぬく者がいれば倒さねばなりません」

と、強い口調でいい、膝もとに指を撞《つ》いた。小さく乾いた音がした。

「その参候者は……」

「わかっております。たがいにいわぬが華、ではありますまいか」

と、華元がいうと、家宰の目もとに微妙な笑いがながれた。

——この男には沈毅さがある。

おそらく家宰は主君にはなにも告げず、主君を守りぬけるであろう。主君が公宮にはいれば君主となり、その君主を王姫が守護する。

華元は自分の奔走がむくわれたおもいがした。

「つぎに、公子が公宮へむかう道順を変えてください。それでも凶徒に襲われたら、わが家か華耦の家へ避難なさるとよい。華氏だけではなく戴《たい》氏のすべてが公子をお守りします」

「ご配慮を感謝します」

家宰はすべてを呑みこんだような顔つきをし、華元にむかって頭をさげ、すぐに立った。

華元はすばやく門外にでた。即位をひかえた公子鮑を窃《ひそ》かにたずねる大夫の図など、まるで高位をねだる奸臣のようで、ぞっとしない。

人目をはばかって帰宅した華元は、家宰をねぎらうまもなく、庫《くら》をひらかせた。いつで

も甲《よろい》と武器とをとりだせるようにしたのである。つぎに二、三の近臣に、

「公子が宮中におはいりになるのをみとどけよ」

と、いいつけた。それをおえた華元は自家の廟へゆき独座した。祖霊と対話したいということもあるが、土煙をたてて走りまわったせいで、感覚にも垢がつき、その垢を落とすためにそういうことをする。動かぬ自分のなかでするどく立ってくる感覚が、自分をつきぬけた高さで目をもち、全体と自身とを視《み》るのである。手ぬかりがあれば、その目にうつる。


感覚の目は不吉な影をとらえない。

——凶事はおこらぬであろう。

よくやった、と自分を褒めた華元は、廟前から室にもどった。


やがて近臣が復命した。かれらは口をそろえて、

「公子はぶじに公宮におはいりになりました」

と、いった。それをきいた家宰は華元の命令を待たず、庫を閉じた。

——即位の日に、流血の凶事がなくてよかった。

華元は心のなかで新君の未来をことほいだ。礼服に着替えた華元は身近にひかえている

家宰に、しみじみと、

「この二日が、二百日にも感じたわ」

と、いった。

「司馬家へご挨拶に参りましょうか」

家宰は気をきかせた。病牀の華耦は大いに心配しているにちがいない。

「そうしてくれるか」

「あの……、司城《しじょう》の席が空いております」

昭公とともに野で死んだ蕩意諸《とういしょ》は司城であった。その席が空いたままになっているので、もしや、新君は華元を司城に任命してくれるのではないか、という期待が家宰にはある。

「司城は蕩氏の指定席だ。おそらく新君は蕩意諸の霊をなぐさめるために、弟の蕩虺《とうき》をそこにすえるのではないか」

「さようですか」

家宰は落胆した。君主がかわっても華元が入閣することがないのは、臣下としてあじきない。公子鮑は何も知らないであろうが、公子鮑にふりかかるはずの危難を未然にふせいだのは華元と自分である。自分はさておき、主君が冷遇されつづけるのをみるのはつらい。

「すべては、病人の勘のするどさが教えてくれたことだ。ほんとうに賞されるのは、司馬でなくてはならぬ。なにはともあれ、司馬に礼をいってきてくれ。ただしふたつの陰謀について、口外してはならぬ」

「承知しました」

ふたりはほぼ同時に邸をでた。車中で華元はねむ気をおぼえた。

「やあ、華大夫は、ねむりながらの参内《さんだい》か」

声の主は武《ぶ》氏の当主である。

宋の武公は戴公の子である。華氏の始祖の公子説《えつ》は、武公の弟ということになる。その武公の子孫の家を武氏という。

目をさまして、あわてて冠をなおして下車した華元は、

「目をつむらなければ、みえないものがあります」

と、いい、あえて意味ありげに笑った。武氏は皮肉をこめて、

「夢徴《むちょう》は、吉でしたかな」

と、冷えた声でいった。

「吉も吉、大吉でした」

「夢のなかで死んでも、目をさませば人は生きている。が、生きていても、その生涯が夢のごとき虚しい者もいる。華大夫の大吉は、目をさませば大凶に変わるかもしれぬ」

いやなことをはっきりいう男である。

「わたしの夢は、裏切りません」

と、華元は切りかえした。

この日、宋に新君主が誕生した。即位した公子鮑は、史書には、

「文公《ぶんこう》」

と、書かれる。この文公は即位式をおえたあと臣下に決意と訓辞を宣《の》べ、それから大臣を任命した。空席の司城は、華元の予想とはことなり、文公の弟の公子須《しゅ》にあたえられた。ほかの大臣は再任された。それですべてがおわったとたれしもおもったが、突然、会場内にどよめきが生じた。

「ながらく空位であった右師《ゆうし》に、華元を就かせる」

この声が、華元の耳を打った。というより、耳をつらぬいて、虚空に消えた。

——華元とは、わたしか。

と、何度自問しても実感が湧かない。右師は左師とともに上卿であり、人臣の最高位である。

退廷するとき、また武氏に会った。武氏の目にそねみの色があり、わざと顔をそむけた。華元は声をかけた。

「じつは、わたしは夢をみなかった。あなたにかわって、そういったまでです。大吉であるといったのに、あなたは大凶に変えた」

武氏はその声をふりはらうような速さで歩き去った。

人の章

家宰《かさい》は涙をながして喜んだ。

「右師《ゆうし》になられましたか」

いわば右大臣に、主君の華元《かげん》が任命されたことは、宿願をはたしたにひとしく、先主の華御事《かぎょじ》に顔むけができる、とくりかえしいった。

華元自身はどうかといえば、喜ぶよりもおどろいた。

まさか文公《ぶん》が右師の職を復旧させるとはおもわず、自分がその職にいきなり就任させられるともおもわなかった。華元は公子鮑《ほう》に狎昵《こうじつ》してきたわけではない。むしろ公子鮑に直言して不快がらせた。

——王姫《おうき》の陰《かげ》の指図であろう。

いちおうそう考えたが、文公は王姫に頭があがらぬわけではなく、善を採《と》り、悪を黜《しりぞ》ける気概と明殺さをもっているはずなので、華元はこのたびの人事については、考えを曠朗《こうろう》のなかに逃がすことにした。

が、家宰は苦労性である。

主君を抜擢してくれた文公が暗殺されては、この喜びも悲嘆にかわる。文公に凶器をむけそうな悖逆《はいぎゃく》の勢力がふたつあることに、気をもまざるをえない。それについて家宰は、

「どういたしましょうか」

と、指図を仰ぐような顔つきをした。なにしろ凶行をたくらんでいる者の名をきいたとき、のけぞらんばかりにおどろいた家宰である。

「ひとりは、公子須《しゅ》です」

横邑《おうゆう》に避難していた上士はそういった。公子須といえば、文公の弟ではないか。異腹の弟ではない。母はおなじである。

「これは臆断《おくだん》ですが……」

と、上士は恐ろしいことをつけくわえた。

先代の昭公の在位中に、公子鮑は義挙を計画した。義挙といえばきこえはよいが、君主の側からみれば叛乱であり大逆である。この挙兵を大族である桓《かん》氏とともにすすめようとした公子鮑は、華元にいさめられて武力による政権奪取をあきらめた。内心の変化を多く

の者に語らなかった公子鮑は、桓氏とのつながりを断たぬように弟の公子須を桓氏に近づけた。兄は武器をとって立つと信じていた公子須は、兄を助けるふりをしながら、兄が昭公を殺したとき、その兄を伐《う》つことによって正義と君主の席とを両得しようとひそかに画策しはじめた。桓氏がその誘いに乗らぬとみるや、穆《ぼく》氏に誘いの手をのばした。穆氏は穆公の子孫の家であり、名門ではあるが、家声が嗄《か》れはじめている。穆氏の当主は公子須を即位させることによって往時の威勢をとりもどそうとした。だが、かれらのもくろみははずれ、公子鮑は一兵もつかわずに即位することになった。

――かくなるうえは……。

と、公子須は即位の当日に兄を祝賀するとみせて、人のすくない廟前で、人をつかって兄を暗殺する手はずをととのえた。暗殺者は公子須の配下や穆氏の家臣であるとはかぎらない。公子鮑の臣下であるかもしれない。

上士はそれを示唆した。

「もうひとりは、武氏です」

穆公の父が武公である。武公は春秋時代初期の君主である。この武公の子孫が武氏という家を継続してきたのであるが、ここにきて家名の衰えはかくせない。武氏の当主は自尊の意《おも》いが強く、

——なんとかしたい。

と、家声の回復と自身の栄達を激しく望んだが、桓氏に独占されているような閤内の風景を悁々《こんこん》とながめては歯ぎしりするしかなかった。ところがである。昭公の横死が武氏の家におもいもよらぬものをもたらした。昭公の遺児がころがりこんできたのである。昭公の子が何人いて、生きのびたその子が長子なのか末子なのか、あるいは何歳であるのか、まったくわからないが、幼児ということはないであろう。十代の少年であると想像しておきたい。むろんその少年がひとりで武氏の家に逃げこんできて庇護《ひご》を乞うたわけではない。昭公の臣下に擁衛《ようえい》されてきたのである。

——これは天与の福か。

内心手を拍《う》った武氏は、おびえ顔の少年にむかって、

「安心なさるがよい。懸命にお護りする」

と、いい、昭公の遺児をかくまいぬく決意をしめした。かれはこの奇福をすぐにも活《い》かそうとした。昭公が帥甸《すいでん》に殺されたことはまぎれもない事実であるが、ひそかにしらべてみると、帥甸を使嗾《しそう》したのは王姫であり、王姫と公子鮑とが共謀したというにおいをかぎつけた。

——となれば……。

王姫と公子鮑を殺して、ふたりの罪を国民にむかってあきらかにし、昭公の遺児を君主に立てればよい。成功すれば、自分は宰相になれる。失敗したら自家は滅亡するという暗い予感をもたなかった。手を拱《こまぬ》いていれば、この家の力は漸減《ぜんげん》するという危機感のほうが強い。ここで起死回生の一挙を敢行するしかない。そのため、武氏は桓氏の政治に不満をもつ下級貴族を誘引《ゆういん》し、邸をでて公宮へむかう公子鮑を急襲する計画を立てた。

その計画の全容を上士は知っていたわけではないが、華元は想像で不透明な部分をおぎない、的確な助言を公子鮑の家宰にあたえて、公子鮑が死地に陥落することをふせいだ。公子鮑の暗殺をくわだてた公子須も武氏も、華元の陰の奔走を知らぬであろう。かれらはともに裏をかかれたわけであり、いちどのしくじりで凶悪な計画を斂《おさ》めるほどなまやさしい性情の持ち主ではない、と考えておいたほうがよい。とくに公子須は司城《しじょう》という大臣の席をあたえられ、威勢を張りはじめたので、文公を守る側にいる者はその新大臣の行動に注意を怠るべきではない。

「それにしても、中大夫《たいふ》は、偉い男だな」

と、華元は感心したようにいった。

中大夫とは、公子鮑の家宰のことである。公子鮑が君主になったことで、家宰は公室の奥むきの総取り締まり役というべき中大夫になった。公子須と武氏とがそれぞれ文公のいのちを狙っていることを華元からきかされたあと、かれがそのことをおくびにもださなかったことは、このたびの宮廷人事における任用の大胆さが物語っている。文公が弟を危険視すれば、司城という栄《は》えある席に就かせるはずがない。

「中大夫は、君を、哀しませたくなかったのでしょう」

と、家宰はうがったことをいった。華元は大きくうなずいた。

信用していた弟に邪心があることを知れば、文公は怒るより嘆くであろう。公子須に司城の席を与えるように文公に勧めたのは中大夫かもしれない。陽のあたらぬところを歩みつづけてきた公子須を厚遇することによって、正道をそれて悖道《はいどう》にはいった公子須に改悛《かいしゅん》を願ったともいえる。

「なんじは、むだに齢《よわい》を重ねておらぬ」

誠直をもって君主に仕えている者が抱懐している情の機微がわかるということは、この家宰も忠臣であるからである。

「恐れいります」

「が、中大夫のひそかな心づかいを汲みとるだけの器量が公子須にあるかな。また、先君の遺児をかかえている武氏は、宝の持ちぐされを恐れて、計画を立て直すであろう」

「武氏をさぐりましょうか」

「腥風《せいふう》を君にかがせたくない。わたしと中大夫で逆徳の炎を消すしかあるまい。武氏をさぐるのはよいが、もしも武氏が先君の遺児を手放し、わが君に順服するようであったら、武氏の罪をあばきだすのはやめよ。わたしも未遂に終わったかれの叛逆を忘れることにする。なんじも武氏を追いつめるようなことをしてはならぬ」

華元もながいあいだ冷遇されてきた。武氏の焦燥と悁憂《えんゆう》とがわからぬわけではない。あのものわかりのよい公子鮑でさえ、昭公を弑《しい》することを考えた。頑冥《がんめい》な武氏にすれば、なおさら現状は耐えがたいであろう。だが、血走った目をしている武氏に、

「徳を積みなさい。たとえあなたが不遇のまま終わっても、あなたの子孫に吉慶《きっけい》がおとずれるでしょう」

と、説いても、華元の好意は通じそうにない。

――いつか、武氏を討たねばなるまい。

予感は暗い。ただし風評だけで武氏を弾圧するようなことをけっしてしたくない。そんな心の揺れが家宰にわかるのか、

「主は仁柔《じんじゅう》をそなえておられる」

と、敬意をかくさずにいった。家宰は華元の父にも仕えたので、おのずとふたりの主君を比較してしまう。いまもそうで、

——今代は先代にまさる。

と、明言してもよい。父子ともに庸主ではないが、やさしさと厳しさの質がちがい、華元のほうがはるかに懐《ふところ》が宏い。さらにいえば宋の君主も今代は先代に断然まさっているのであるから、華元は父よりも運が強いといえよう。有能な臣がその才華を満開の花のごとく咲かせるのは、名君の威光の下でなければ不可能であり、そのような例は希少であり、逆に、能臣とか忠臣といわれた者の才幹が、暗君に遭い、瞑《くら》い国情のなかで花をつけずに零《お》ちてしまった例はかずしれずあったにちがいない。

——主《しゅ》は小利を漁《あさ》らぬがよかった。

華元が右師になったので、家宰の家産もにわかに膨れたのである。

翌年、晋《しん》が動いた。

——きたか。

晋の軍事行動は華元の予想のなかにある。宋は晋の盟下にある。盟下にある国で起こった弑逆《しいぎゃく》事件を問責するのが、盟主国としての晋の正義である。

晋軍は黄河を越えて南下し、宋の国境をおかしたところで停止した。そこで晋軍は諸侯の軍の到着を待つ。いわば国際会議をひらき、各国の代表者の同意を得て、晋の代表者はつぎの行動にうつる。

「晋軍の帥将《すいしょう》は荀林父《じゅんりんぽ》であり、すでに衛軍《えい》も晋軍の近くに陣をかまえております。衛軍の将は孔達《こうたつ》です」

という報告が閣内にもたらされた。その内容も、華元の予想通りである。大規模な軍事が催されるときは、晋の君主である霊公《れい》が征衣《せいい》を着るが、このたびのように、敵国ではなく盟下の国での内訌《ないこう》による不正を匡《ただ》すという義気を軍事によって表現する場合は、晋の上卿が軍を率いるのがならいである。

「荀林父というと……」

と、文公は浮かぬ顔でいった。文公は自身で連合軍の集合地へでかけてゆき、荀林父に会って、申しひらきをするつもりである。ただしその申しひらきが否定されたり拒絶されたりした場合、文公はいそぎ商丘にもどって連合軍を激撃《ようげき》する構えをしなければならないか、もしくは、晋の本陣においていきなり拘束され、さらに周都へ送致されて、周王の足下で裁判にかけられる。過去にそういう例はいくつかあった。晋の荀氏といえば名門である。その家系からくせのある異才がでたとはきいていない。が、今代の家主である荀林父はどうなのであろう。

「中軍の佐《さ》です。つぎの正卿というべきでしょう」

と、華元はこたえた。

晋は五十一年まえ、献《けん》公のときに、上軍、下軍という二軍をつくった。かれの子の文公のときに中軍をくわえて三軍とした。それが二十三年まえのことである。さらにいえば、文公は亡くなる前年に、新上軍と新下軍とを三軍にくわえて五軍をつくった。が、文公の子の襄《じよう》公のときに、晋は旧《もと》の三軍にもどした。とにかく、三軍のなかで中軍が最上位である。したがって中軍の佐、すなわち副将は、上軍の将より格上ということになり、朝廷においては中軍の将が宰相であるとすれば、中軍の佐は副宰相である。

当下、晋の宰相は趙盾《ちようとん》である。

荀林父の経歴のなかで、ひとつ卓犖《たくらく》としているのは、晋の文公が三軍をつくったとき、最初の閲兵式でかれが文公の兵車の御者に任命されたということである。

「きたのが、趙盾でなくて、幸運であったか」

趙盾は義心《ぎしん》が旺盛で、すじの通らないことを憎む、と文公はきいている。文公にとってはうるさい人になったであろう。が、荀林父の性格については、不透明である。

「趙氏はどちらかといえば内政に長じ、荀氏は軍事に長じておりましょう。滞陣している晋の元帥が正卿でなく次卿であれば、君が釈明にむかわれる必要はありますまい。わたしがまいります」

いや、趙盾がきても、華元は自分が会見にゆくといったであろう。むこうで不測の事態が生じたり、話がこじれたりすれば、文公は拘留される。そうなると、文公をとりもどすのに、恐ろしく時間と費用がかかる。客観的にみて、宋はまだ文公のもとで臣民の心がひとつになっていない。こんなときに君主が不在になれば、

——好機きたる。

と、手を拍って喜ぶ者がすくなくない。華元は晋の本陣で捕捉されてもかまわないとおもっている。いま会同の地にきている衛の孔達は賢相として天下に名高い。かれが手荒なことを望むとはおもえず、事態が悪化すれば、諸国の卿にとりなしをたのむつもりである。

「なんじが逮捕されたら、どうすればよいか」

と、文公は不安げにいった。

このとき文公は華元をもっとも信頼していた。あからさまにはしないが、桓氏より華氏、あるいは戴《たい》氏をおもんじていた。華氏といえば、すでに司馬の華耦《かぐう》は病歿し、その職に華耦の子の華弱《かじやく》を就かせてもよかったのだが、人事にはふりあいというものがあり、昭公に従って戦死した蕩意諸《とういしよ》の弟の蕩虺《とうき》にその席をあたえた。蕩虺は兄と行動をともにせず、むしろ反昭公派に属していた。これは兄弟の仲が悪かったとか、信義の質にちがいがあったというより、蕩氏という名門の家系を絶やさぬ知恵の産物であろう。文公は弟の公子須を

司城に任命するという、ひとつの無理を通したので、ここはどうしても蕩氏にてあてをしておかねばならなかった。したがって華弱を閣内に招致することができなかった。それに華弱の才器は父親にとてもおよばぬという評判もある。

閣内にいる華氏は、華元ひとりである。

文公がこの華元をうしなえば、桓氏の頭上から重しがとれたも同然で、ふたたび桓氏の政治がはじまり、文公の意志は宮中の奥に封じこめられる。

「王姫のお知恵を拝借なさることです」

華元はさほど深刻ではない。趙盾がくることなく、なぜ荀林父がきたか。いまはそれを多少の楽観をともなって考えている。


たしかに王姫は知恵者である。

華元が文公の代人として連合軍の滞陣地へ釈明にでかけると知るや、王姫は、

「君と卿におみせしたいものがあります」

と、いい、府庫の役人に命じて扉をひらかせた。華元をしたがえてなかにはいった文公は、

「ほう……」

と、小さなおどろきの声を放った。財宝と奇物が積まれている。すくなくない量である。

「こういう物があったのか。知らなかった」

文公はまじまじと王姫を視た。そのまなざしを小さな笑いでかわした王姫は、

「ご存じないのも、もっともです。わたくしが匿《かく》しておきましたから」

と、いい、すこしあごをあげた。微光がそのあごを淡く浮きあがらせ、華元の目にはふしぎな美しさにみえた。

「では、これはあなたの物か」

文公のまなざしがわずかにただよった。

「いえ、先君の物です。ということは、公室の物です」

「ふむ……」

文公は、なぜ突然王姫が秘匿《ひとく》の財宝や奇物をみせたのか、理解しがたい表情をした。華元は声を放たずに一笑した。一瞬、華元と目語《もくご》した王姫は、

「これらすべてを、晋の荀林父に、献上してください」

と、いって、文公を啞然《あぜん》とさせた。すでに王姫の意図を察していた華元は、

――この女《ひと》は、悪女なのか聖女なのか。

と、鳥肌が立つようなおもいで王姫の横顔をみつめた。昭公があちこちに残していった

財宝や奇物を役人に集めさせ、だまって保管していたということは、かならず晋の譴責《けんせき》があることをあの時点で予想したからであり、これらすべてを晋の大臣への賄賂につかうという発想にもすごみがある。

「扈《こ》のためしがあります。晋は、君が君だけに……、ということでしょう」

と、王姫はぼかしたようないいかたをした。文公と華元には、それで充分な説明であるが、ここは解説が要るであろう。

扈は鄭《てい》国内の邑の名である。黄河の南岸に位置し、晋軍が黄河を渡って上陸する地点のひとつである。二年まえに、その邑に諸侯が軍を率いて集合した。宋の昭公も参加した会同である。

「斉《せい》を伐つ」

というのが、おもな議題であった。その年の前年に、斉で弑逆事件があった。犯人は公子商人《しょうじん》というが、この公子は覇者桓公の子であるから、年齢については、壮年というよりすでに初老であろう。かれは若いころより君主の位を欲しつづけ、輿望《よぼう》を高めるため、

——驟《しばしば》国に施《ほどこ》して、多く士を聚《あつ》む。（『春秋左氏伝』）

ということをした。つまりやったことは、公子時代の宋の文公とほとんどかわりがない。

両者のちがいは、宋の文公が叛逆の心を斂めて不遇を耐えようとしたのにたいして、公子

商人は、君主（おそらく兄）が亡くなり、その子が即位したのをみて、ついに我慢できずに凶器をつかんだというところにある。

強引に君主の席にのぼった公子商人は、のちに斉の懿《い》公と書かれる。

懿公に罪があると感じた晋の霊公と大臣は、諸侯を集め、斉を攻めて、非を匡《ただ》そうとした。が、この諸侯会同はすぐに洞然《どうぜん》となった。懿公の使者がひそかに賄賂を霊公にとどけたため、霊公は気が変わり、

「斉を攻めるのは、やめた」

と、いい、帰国の途についたからである。晋の大臣が霊公を諫止《かんし》することができなかったのも事実である。霊公に諫言を呈した大臣がいたのか。それさえも怪しい。

——晋は、君が君だけに……。

と、王姫がいったのは、そのことである。晋の君主が収賄をいとわなければ、大臣もそれにならうのが世のつねであろう。

「委細、うけたまわりました」

華元は政治家としての王姫に頭をさげたというべきであろう。さっそくかれは財宝と奇物を馬車に積み、会同の地へ直行した。この場合、潜行する必要はない。さきの扈における会同とはちがい、

「宋を伐つ」

という声はそこからきこえてこない。宋を伐つべきかどうか、そのまえに宋君に釈明させるべきか、そのような議題があがったばかりであろう。

「急げ、急げ」

車中の華元は陽気な声を放った。使命の内容にはきわどさがあるが、それを意識すると、陰気にこもりがちになり、暗いけわしさをひきずって荀林父に会えば、うまくゆきそうな対談もちぐはぐしそうである。ここは陽気にひた走りたい。国と君主のために奔走するようになった自分を喜べ、と華元は自分にいいきかせた。

このふしぎな明るさをもった集団を、荀林父は当惑ぎみに迎えた。

「華氏という卿は、常識に欠けているのか」

と、左右に問うたほどである。宋君の代理として釈明にきたのであれば、馬車の走らせかたひとつにしても、厳色《げんしょく》が欲しいと感じた。こういう感覚をもつ荀林父は上質な常識家であった。

が、軍門に到着するまでの華元と到着したあとの華元とはまるで別人であった。宋は古い礼を保存している国である。華元の礼容は重厚であり、挙措に瑕瑾《かきん》さえない。

——こういう男か、華氏は。

虚を衝《つ》かれたおもいの荀林父は、あわてて威厳をかもしだそうとしたが、一歩先に踏みこまれた感じをぬぐい去ることができない。

「宋は長年晋に仕えてきております。このたびの会同にお招きがなかったのは、いかなるわけがあるのですか」

華元は巨眼をあげた。

——目がずいぶんでている。

失笑しそうになった荀林父は笑いを口中で嚙み殺した。そのとたん、華元の眉《び》宇《う》に微笑がただよった。それをみた荀林父は、この大臣にはおもしろみがある、と感じた。だが、わざとしぶい表情をつくり、

「知れたことではないか。宋の昭公はわ

が君に仕え、わが君と盟《ちか》いを交わした。その昭公を殺したということは、わが君をないがしろにしたにひとしく、盟いを棄てたということになろう」

と、音吐に力をこめていった。華元は微笑を斂めた。

「つかぬことをおうかがいしますが、荀卿は、先年の扈における会同で、先君と盟いをなさいましたか」

荀林父は眉をひそめた。

「わしは扈には行っておらぬ」

「さようですか。では、晋君がわが先君と盟いを温めただけですか」

「それを、さきほどよりいっている」

まわりくどいことを申すな、という目つきをした。

「晋君は、先君と盟われたのか、それとも、わが国と盟われたのか、どうおもわれます」

「愚問だな。盟いというものは、君主と国とをわけられぬがゆえに、それがおこなわれれば、君主と国とが同時に結ばれたことになる」

わずかに膝をすすめた華元は、

「君主が国そのものであるとすれば、即位のときや事件があったときに、君主が大夫と盟いをなすのは、いかなるわけですか」

と、衍《ゆた》かな声で問うた。

「大夫は公室から分与された地と人とを管理監督する者である。それには則度《そくど》があり、その則度がゆらいだりこわれたりした場合、盟いが必要となる」

「さて、その則度についてですが、大夫がそれを遵守《じゅんしゅ》しているのに、公室がかってに破る場合があります。君主が悪法を臣民におしつけ、大夫に盟いを強要しても、たれも従いません。そのとき、君主と国とは一体ではない。そうではありませんか」

「ふむ、まあ、そうだ」

「君主の悪を匡すのは、本来、周王しかできず、周王がその権を晋君に代行させているいま、先君の悪を匡さず、盟いをおこなった晋君にも悪があるとおもわれませんか」

「何を申す」

荀林父は顔色を変えた。ここでうなずけば、帰国後、密告されて、霊公に処罰される。

すかさず華元は、

「わが国は正義を欲し、悪を憎んでおります。先君の悪を匡してくれる者がいなかったので、国人がやむなくそれをおこなった。その犯人を罰せよ、という者がいたら、その者は宋の国全体を罰しなければならず、その命令はさきほど申した悪法にひとしいので、宋は国をあげてその悪法に抗《こう》することになりましょう」

と、口調をはやめていい、荀林父を正視した。もしも晋が宋を攻めるようであったら、徹底的に抗戦すると示唆したのである。荀林父はここで華元の迫力を感じはじめた。

「だが……」

突然、華元は口調を変えた。

「晋は、正義の守り手である荀卿をつかわされた。わが国の君臣と民は、先君との盟約をもたぬ荀卿が、先君の非を諸侯の代人に説き、わが国の正しさを救解してくれるものであると、大いに安堵し、感謝しております。そこで——」

華元の手が鳴った。これが合図で、幕があげられ、財宝と奇物が続々となかに運びこまれた。荀林父の口がひらいたままになった。

「どうか正義をおこなうことに、これらをお役立てください」

荀林父はことばをうしなった。荀林父の負けというべきであろう。こういうきらびやかな景物のついた対談をおこなったのは、はじめてである。やがてかれは、

「宋はいま、君主と国がひとつになっているか」

と、きいた。華元はゆるやかに首を横にふった。

「正直に申せば、まだ、です。しかし国内の悪は君主が匡します。荀卿をわずらわすまでもないと存じます」

これからの宋国内の政争に晋が関与してもらいたくない。華元はそういったつもりである。

「わかった。宋のことは宋君にまかせよう。宋君の好意は、たしかにうけとった」

「さいごに、荀卿が正義をおこないにくい事態があれば、宋はかならず卿をお助けする用意がある、と寡君《かくん》が申しておりました。それとはべつに、この華元も、家の名において、おなじことをお誓いします」

微妙なふくみをもったいいかたである。

――華元は晋の国情を理解しているらしい。

はっきりいえば、晋では、霊公と大臣とのあいだに溝ができつつある。霊公の憎悪はおもに趙盾にむけられているが、荀林父にもわざわいがおよぶときがあるかもしれない。君主と争って亡命せざるをえないようになれば、宋に来奔《らいほん》なされよ、と宋の文公と華元とが暗にいってくれたと荀林父は理解した。

――宋君と華元には、情がある。

それを知っただけでも、荀林父にとって、この会見は大いに益があった。盟下にある宋を伐っても、晋には何の得《とく》にもならない。はじめからわかりきったことである。が、手ぶらでは帰れない。華元が財宝を贈ってくれたことで、荀林父は帰途につけるとおもった。

なぜなら、財宝の半分を霊公に献上すれば、

「宋君とは、もののわかった君主ではないか」

などと、霊公は上機嫌になる。復命はそれでおわり、充分に使命をはたしたことになる。

「華卿、宋君は名君か」

「まちがいなく――」

華元は小さく破顔した。そこからあたたかく通ってくるものを感じた荀林父は、

「うらやましいことだ」

と、いい、嘆息した。かれは華元の退去をみとどけるや、諸将を召集し、宋の釈明に理があったことをつたえ、すみやかに解散するように命じた。帰途、荀林父は、

「宋に華元がいるかぎり、宋は道をあやまることはあるまい」

と、左右にいって、また嘆息した。

陰の章

諸侯は宋の文公の即位を認めた。

晋《しん》君が認めたことを、諸侯は追認せざるをえない。

首尾よく使命をはたして復命した華元の手をとらんばかりに喜んだ文公は、さっそく後宮へゆき、王姫《おうき》に謝意を呈した。

「もう華元は帰りましたか。晴れて宋君となられたことは、大慶と存じます。わたくしは先君が放置した物を拾い集めたにすぎず、それを活かした華元はみごとですし、華元のうしろに君の厚徳があったからこそ、ことが順調にはこんだのです」

「これで大きな懸念が消えた」

文公の表情は明るさにみちている。

「ところで、華元は右師《ゆうし》になってから、一門の者を推挙しましたか」

「ひとりも、名を挙げない」

「わきまえのある卿《けい》ですね。戴《たい》氏のなかには有能な者がいます。が、華元は君に諛佞《ゆねい》することを恐れ、血族の者を推《お》さないでしょう。それが長くつづくと、華元は、一門の大夫や士の怨みを買います。二、三年後に抜擢なさるつもりで、いまから君ご自身ですぐれた才器の者に嘱目《しょくもく》なさるべきです」

「そうしよう」

文公は大きくうなずいた。

「華元はいのちを捨てても、君をお守りする、たったひとりの大臣です。それをおもうと、先君をかばって倒れた蕩意諸《とういしょ》はりっぱでした」

王姫はきわどいことをさらりといった。

――ぶきみなことをいう。

文公は王姫をさぐるように視《み》た。横死した昭公とおなじような危険にさらされる自分があるのか。その危険をもたらす人は、王姫を措《お》いてほかにはいない。

「わかっている。わしは華元とともに帥甸《すいでん》に殺されないように、慎密《しんみつ》に政治をおこない、徳を積むことを怠らないつもりだ。改善すべきことがあれば、直言していただきたい」

王姫の機嫌をとったわけではない。本心からのことばである。王姫はななめに文公をみて、目を細めた。

「いまは、ありませんが……、とにかく、華元を信頼なさることです。迷いは、ご自身を滅ぼすもとです」

「はて……」

王姫のことばに翳《かげ》があることを感じた文公は、首をかしげ、無言で説明をうながしたが、王姫はこの話題を笑いで消した。ひっかかりをおぼえた文公は、後宮をあとにしてから、華元を招き、

「国人に不穏な動きでもあるのか」

と、問うた。その表情が曇りがちなのをみて華元は、

――ははあ、王姫は謀叛という異臭を、かぎはじめたな。

と、すぐに察し、王姫の情報収集能力の高さに舌をまいたが、王姫ともあろう人があいまいな情報を文公に告げるはずはなく、華元自身もまだそれについて言上すべきではないとおもったので、

「国人はいたって平穏です」

と、あえて明るい声でいった。文公は猜疑《さいぎ》の旺盛な人ではなく、また、華元を大いに信頼しているので、

「それなら、よい」

と、気分をあらためた。


ほどなく左師《さし》の公孫友《こうそんゆう》が閣内から消えた。

高齢のため引退したいという公孫友の願いを文公がききいれたせいであるが、みかたをかえれば、文公がそうしむけたといえるであろう。

公孫友は元老というべき貴臣である。

華元ばかりか君主である文公でさえ、はばからねばならぬ有力者である。この人物が閣内にいては華元がやりにくかろうと文公は考えて、あえて右師と左師に上下をつけた。右師が上、左師が下である。このため文公の聴許を必要とする懸案などが、左師にもちこまれることがなくなり、右師に集まることになった。左師にもっていったことが右師を通らなければ許可されないとわかれば、まっすぐ右師にもっていったほうが早い。それゆえ左師は閑職となり、不快をおぼえた公孫友は致仕《ちし》したのである。

文公は空席となった左師をそのままにし、人を充用《じゅうよう》しなかった。

華元の権能を増大させたいという文公の愛情表現であり、同時にこれが、桓氏《かん》という大勢力を削ろうとする手はじめであった。

むろん華元には文公の真意が手にとるようにわかる。家宰をつかまえては、

「わたしは主にめぐまれた。稀有なことだ。父の遺徳をおもわずにはいられぬ」

と、しきりにいった。

「まことに――」

そのつどうなずく家宰も、華元が宰相になってくれたせいで、自家の財産を太らせることができたので、うなずきはかたちだけのものではない。華元の父の華御事《かぎょじ》が生前に打った手が効《き》いたという実感をもっている。

「ところで、横《おう》の上士をおぼえておられますか」

「忘れるはずがない」

その者の告白によって、文公を襲うはずの危難を未然にふせぐことができたといっても過言ではない。

「主に臣属したいと申しております」

「わたしはその上士を全力で守ると約束した。わが家の臣にすることで、その約束がはたせるなら、いますぐ許そう」

「では、さっそく、つたえます。大いに喜びましょう。わたしはしばしばその者と会っていますので、わかってきたのですが、なかなかの人物です」

「ほう、めずらしいことをいう。なんじが人を美《ほ》めたのをきいたことがない。横の上士は格別か」

そういわれた家宰は色をなした。

「わたしが主に人を推挙しなかったのは、私心があってのことではありません。わたしにまさる人物がいなかっただけのことです」

「わかっている。そうむきになるな。横の上士が有能なことは会うまえから予想していた」

華元は家宰をなだめるようにいった。

「さようですか……」

と、家宰は首をかしげた。その上士が有能か無能か、会わずに、どうして知りえたのであろうか。

「亡くなった司馬の知人であったということが、ひとつある」

司馬であった華耦《かぐう》は温厚そうにみせていたが、そうとうな切れ者で、かなりの人脈をもっていた。諸族と誼《よしみ》を交わしていたはずで、当然、桓氏の族人の数人に親昵《しんじつ》していたとおもってよい。だが、華耦の人物評はつねに辛《から》く、たやすく人を信用せず、まれにしか抱懐をひらかない。こういうむずかしさをもった華耦が、病牀《びょうしょう》にありながら枕頭にその上士を招いたことで、上士の才幹と誠直さが尋常でないことがわかるではないか。

「ははあ、そういうみかたがありますか……。上士は司馬に仕える気であったのでしょうか」

上士が桓氏の族内では不遇であることはわかっている。華耦の下で栄達をはかったとすれば、上士の側面には明朗さが欠けているとおもいたくなる。

「そこまではわからぬ。ふつうに考えれば、事態がさしせまってきたので、司馬に保護を求めた。ところが、司馬は重病で、動けぬ。おそらく、横へ避難したほうがよいと勧めたのは司馬であろう」

「そうはおもいません。上士は謀叛の内容を司馬に語っていないはずです。ほのめかしただけで、みずからの判断で身を横へ移したのです」

ここはひきさがらないという強いいいかたである。華元は苦笑した。

「ふむ。ふむ」

と、口のなかでことばをまるめてから、

「なんじのいう通りであるとして、謀叛を実行しようとした二氏から誘われたのだから、上士には能があるということだ」

と、華元は歯切れの悪い口調でいった。頭のすみに急に想念が湧いたからである。疑念といったほうがよいかもしれない。華元がみたところ、上士は慧性《けいせい》であり、その進退と行蔵にはおくゆかしさがある。要するに欲望をぎらつかせていない。それなのに欲望のかたまりというべき公子須《しゅ》と武氏とに誘惑されそうになった。両氏に近いところにいなければそうはならないはずである。そうなると、それは上士の意志によらず、華耦にたのまれて、両氏に接近したと考えるのが、無難である。ただし、それほど華耦に親しいのであれば、証拠をつかまなかったとはいえ、公子須と武氏の名を華耦に告げたはずであるのに、華耦が華元によこした使者は、

――公子がぶじに公宮にはいるのを、みとどけるべきです。

と、いっただけである。やはり家宰のいうように、上士は公子鮑《ほう》に危険が迫っていることをほのめかしたあと、わざわいを避けるために商丘をでたのであろうか。

華元はすこしからだをかたむけて、

「なんじは武氏をさぐっているが、上士をそのために使ってはならぬ。せっかくの才幹に傷がつく」

と、低い声に力をこめていった。家宰はかるく頭をさげた。

翌月、上士がはじめて出仕した日、華元はかれを士に任命した。この士は身分ではなく、

職名である。司法官を士といい、華元の家にも法があるので、その監察者にしたのである。このときから華元はかれを、

「士仲《しちゅう》」

と、よぶことにした。仲は次男をあらわすあざなである。士仲には兄がいたことになるが、早逝したため、家督をかれが継いだという。

「なんじは上士であり、功を樹《た》てれば、大夫になれるところにいた。わざわざわたしの家臣になって、家産を縮めてもよいのか」

士仲は桓氏の族人であったが、たれにも仕えておらず、いわば君主の直臣であったのに、華元に仕えれば、家格がさがり、陪臣となる。

「主は宋の右師であり、正卿であります。宋は大国ではありませんが、その正卿は、小国の君主と同格であります。主にお仕えして、どうして家産が縮小しましょうや」

「わが采邑《さいゆう》は大きくはない」

「存じております。わたしは家産をふやすために主にお仕えしたわけではありません。上士であっても、官職にめぐまれなければ、国のためにも君のためにも働けません。卿が君を敬い、国を愛しておられると知り、微才をささげたくなったのです」

士仲の音吐にはゆらぎがない。かれの真情がまっすぐ華元の心にとどいた。

——この男は微才どころか大才をもっている。

しかしこの大才が桓氏に活用されず、文公にも発見されず、自分のもとへただようようにやってきたふしぎさに想到したとき、華元はふと、亡き父がつかわしてくれたのだ、と信じた。華元は文公を輔《たす》けて宋の国を運営しはじめたが、膨大な政務に直面して、困惑している。家政は家宰にまかせて公務に専心すればよいというものの、華元の手足となって動き、ときには代人になれるほどの能臣を必要としている。こういうときに、この男があらわれるのは、偶然だけではかたづけられない何かがあるせいだ、とおもうのが華元の考えかたである。

「よく、わかった。ただし、ひとつなんじの存念をたしかめておきたい。君を輔けることは、君の威信を高めることにつきるとおもう。そのために右師であるわたしは器量いっぱいに努力に努力をかさね、結果として国政を擅断《せんだん》する危険が生ずる。そこで有能な臣を君に推挙して、偏奇《へんき》をふせぐつもりであるが、もしもなんじを推挙するようになったとき、なんじはどうするか。それだけをきかせよ」

「わたしは——」

と、いった士仲は、目を細めた。

「わたしは頑鈍《がんどん》な者ゆえ、二君に仕える器用さをもちませぬ。こういう者は、主に益をもたらしたからといって、君に仕えれば、損をもたらします。およそ有能とは、両刃の剣にたとえてよく、人を傷つけ、おのれを傷つけもするのです。それゆえ、人に仕えるには、能ではなく徳ですべきであり、主はその徳をおもちですが、哀しいことに、わたしには薄《はく》徳《とく》しかありません。これが存念です」

華元は士仲のことばを新鮮なおどろきとともにきいた。この世にはおのれの能を誇る者が多く、能を誇ることによっておのれを卑しめていることに気づかない者もすくなくないというのに、士仲は謙虚にというより冷静におのれを視ている。いっていることは明快である。華元にしか仕えない、というわけである。この決意におどろくと同時に、徳の薄さを哀しむ士仲の心に打たれた。

——この男は、自己に苦しんできた。

華元にはそれがわかる。

「徳は、生まれつき、そなわっているものではない。積むものだ。足もとに落ちている塵をだまってひろえ。それでひとつ徳を積んだことになる」

一瞬、目が醒めたような表情をした士仲は、つぎに、

「恐れいりました」

と、いって、華元にむかって拝手をした。

この年の六月に、華元は文公を輔佐して、黄河南岸の邑である扈《こ》へむかった。扈は鄭《てい》の国の一邑であり、商丘からおよそ四百五十里のかなたにあり、そこに到着するまでに十四、五日かかる。

が、車中の文公と華元は、身も心も軽い。

扈に何があるのかといえば、諸侯会同がおこなわれるのである。晋の霊《れい》公が諸侯を集め、かれらのまえで、宋の文公の即位を認定してくれる。晋はすでに文公の即位を認めたのであるが、正式には諸侯はまだであり、この会同の開催中に、かれらは霊公にならって文公の即位の正当さを認めることになる。

——賄賂が効いた。

と、いえば、語弊があろう。荀林父《じゅんりんぽ》の殊渥《しゅあく》に宋の君臣は感謝すべきである。

——こういう日が、きた。

長い不遇を耐えた文公は、あらためて感動している。

「なんじに遭ったせいで、運が啓《ひら》かれた」

扈に近づいたとき、文公はしみじみと華元にいった。

——良い君だな。

と、華元はつくづくおもう。太子や公子が即位すると、即位前の善良さを忘れて、別人になってしまう例があるというのに、文公は公子鮑の心を忘れず、さらに徳を高め、度量をひろげつつある。

「不遇であることは、人を育てます。わたしが父の歿後すぐに司寇《しこう》の職を襲《つ》いでいたら、昭公への仕えかたに迷い、それがひけめになって、君を心から輔佐することができたかどうか……」

文公は微笑をふくんでうなずいた。

「ひとつ、わかったぞ。不運な者は幸運な者をうらやみ、あこがれ、その幸運をわけてもらいたくて、幸運な者に近づこうとするが、かえって不運になる。不運な者が幸運をつかむためには、おなじ不運な者をさがせばよいのだ」

「陰と陰が遭えば、陽に変じますか」

「周易《しゆうえき》でいう老陰《ろういん》は、三変のすべてが多い数でありながら陰であり、陽に変ずることがありうる。筮占《ぜいせん》は人生を象徴している。わしの一変となんじの一変がかさなった」

筮占は五十本の蓍《めどぎ》（のちに筮竹《ぜいちく》）を左右の手にわけてとり、はじめ一本をのぞいた数（四十九本）をてきとうに二分し、さらに四という数でそれを割り、（割り切れる場合、四を残すのがきまり）左右の手にある残数にはじめの一をくわえた数を得て、第一変となる。

じつは第一変にかぎっていえば、その数は、九か五にかならずなり、九は多い数、五は少ない数とみなす。この残数（九か五）を四十九からのぞき、おなじことをくりかえして、第二変と第三変を得る。

「三変になるには、一変が足りません」

「その一変とは――」

「いま後宮ですずやかにおすごしのかたですか」

「言《げん》を俟《ま》たぬ」

ついに文公は哄笑《こうしょう》した。が、華元は目で笑っただけである。

――ほかの三変もある。

公子須と武氏と昭公の遺児である。文公にとってさいわいなことに、この三変はかさなっていない。いや、たとえかさなっても、すべてが少ない数であれば、周易では老陽《ろうよう》とよばれ、陰に変ずることがありうる。わざわざ、周易では、とことわるのは、この時代、易は周易だけではなかったからである。

とにかく、文公の知らぬ不吉な三変は、文公と華元がいない国都において、擣虚《とうきょ》をたくらんでいるかもしれないので、華元は中大夫にひそかに会い、

「異変があれば、公子を保護して、戴氏の楽呂《がくりょ》を倚《たの》んでいただきたい」

と、いっておいた。文公の子を逃がすのが先決である。楽呂は華元の父にひとしい年齢の人である。しかし老憊《ろうはい》の影はまったくなく、四十代であるといってもおかしくないほどの精強さをもち、性情はまっすぐであり、武事にすぐれている。

さらに華元は、才覚のある家宰に、

「なんじに疎漏《そろう》があろうとはおもわぬが、賊徒が公宮を攻めるようなことがあれば、残留の家臣を攬《まと》めて、後宮の王姫をお助けせよ。賊徒と戦ってはならぬ」

と、厳命し、自分の子についての指示はいっさいしなかった。華元にはふたりの子がいる。華元はこのとき三十五歳であり、成人となって娶嫁《しゅか》するならいであるところから、かれの長子は十三、四歳であろう。長子を閲《えつ》といい、次子を臣《しん》という。ちなみに華閲は父の死後、右師の職を襲ぎ、華臣は司徒となる。

――わが子は、士仲がなんとかしてくれるであろう。

いつのまにか華元には士仲にたいする篤い信頼が生じていた。

扈に到着した文公は、順調に会盟をおえた。

まぎれもなく諸侯のひとりになったのである。晋の霊公への謁見も、気分のよいものであった。終始霊公は機嫌のよい顔を文公にむけてくれた。

が、その霊公は、鄭の穆《ぼく》公には会おうとしなかった。

——鄭はひそかに楚に属《つ》いている。

と、不快におもったからである。鄭の宰相である子家《しか》（公子帰生《きせい》）は居直ったかたちで、晋の趙盾《ちょうとん》に書簡を送りつけ、晋がそういう冷えた態度をとるのであれば、鄭は全兵士を動員して、晋と一戦する覚悟であることを示し、けっきょく和議にこぎつけた。

諸侯会同はかならずしも平和裡におわらない。会同の地が戦場に急変するときがある。

ちなみに、鄭と宋は、つねに楚の脅威にさらされている。宋は楚の穆王が亡くなってから、楚と断交したが、鄭は楚を恐れるあまり断交にいたっていないと晋の首脳はみたのである。

文公と華元はこの会同ではじめて趙盾に会った。この壮年の宰相はやや老けてみえる。すこし顔色は暗いが、毅然としたものをくずさず、よけいなことをいわぬ人である。かれは文公の即位を賀《いわ》い、華元とわずかにことばをかわしてから、さいごに、

「どうか、わが先君の徳を、お忘れなきよう」

と、文公にいった。

——鄭君への皮肉だな。

と、華元はきいた。趙盾のいう、わが先君、とは、晋の文公（重耳《ちょうじ》）のことであろう。

この時点より、二十二年まえに、楚軍に包囲された宋を救うべく、晋の文公は軍を発し、城濮《じょうぼく》の地において楚軍を大破した。徳とは、宋を救援したことをふくんでいるが、じつは晋の文公は、鄭の公子であった蘭《らん》という少年を助け、保護して、ついに帰国させ、鄭公室の後継者である太子の位につけた。その公子蘭こそ、いまの穆公である。晋の文公の恩を忘れて、楚に付いた君主もいるが、宋君はそのようなまねをなさらぬように、と趙盾はいったのであろう。

「戒慎《かいしん》を忘れぬでありましょう」

文公がこたえるまえに華元が大きな声でいった。宋もむずかしい位置にある国である。楚軍の猛攻撃をうければ、開城せぬともかぎらない。ここで文公が趙盾にたいしてなんらかの誓いをすれば、楚への降伏は趙盾へのあざむきとなり、文公の徳に傷がつく。とっさに華元は応答を自分にひきよせた。戒慎というのも微妙ないいかたで、かならずそういたしますという強い返辞ではなく、あなたのおっしゃったことはわかりました、つつしんで国事にあたりますという程度のおだやかさをふくんでいる。

趙盾は幽《ほの》かに笑ったようであった。

——若いくせに、したたかな卿だな。

と、おもったのか、それとも言質をとられることをふせいだ華元の機知をほめたつもりなのか。謎めいた笑いであった。

——ぶじに終わったか。

華元は会同ばかりを注視していたわけではない。ついに商丘から凶報がこなかったことを喜んだ。

帰宅した華元は、家宰から、

「妙に静かです」

という報告をうけた。このまま公子須と武氏とが静穏でいてくれたら、文公を困惑させずにすむ。だが家宰は不吉なことをいった。

「昭公の遺児の所在がわからなくなりました」

武氏邸にいたはずの昭公の遺児が消えたという。

「武氏は公子を他国へ亡命させたのか」

そうあってもらいたいという華元の希望である。

「それらしき主従が国境をでたのであれば、戍兵《じゅへい》から報告がとどくのでは――」

「まあ、そうだ」

国境警備兵からは何の連絡もない。すると武氏は謀叛を察知されることを恐れて、公子を他家へ移したのか、あるいは、かくまいつづけることに危険を感じて、公子をひそかに殺したか。いずれにせよ、武氏の膝もとに公子がいなければ、武氏がいきなり挙兵することはない。

「わが君は慧叡《けいえい》な君主よ。能臣を棄捐《きえん》していた昭公とはちがう。武氏が国家のために役立つ人物であるとみぬけば、かならず高位をあたえる。宋に正道がしかれつつあるのだ。武氏には、ゆがんだ道を歩いてもらいたくない」

これが華元の本心である。

「おことばをかえすようですが、ゆがんだ心には、ゆがんだ道もまっすぐにうつるのではありますまいか。武氏の評判は悪く、おのれの薄徳をかえりみず、非をあらためず、権力をにぎろうとするのは、妒昧《とまい》の臣とよぶべきで、同情の余地はありません」

「なんじは厳しいな。わが君も、公子のときは、醜行《しゅうこう》にはしりそうになった。人には強さと弱さとが同居し、両者が争うと、おのれを失う。強さが弱さをいたわり、弱さが強さをつつしませるようになれば、豁然《かつぜん》とするときがくる。武氏もそうなりうると信じたい」

君臣がひとつにまとまらなければ、国家は強固にならない。君主にさからう臣を誅滅し、うわべだけの和をつくるのはたやすい。が、それでは怨みの種を国内に播《ま》くことになり、やがて大きくなる怨みに手がつけられなくなる。文公の徳をそこないたくない華元は、あいかわらず武氏を刺戟せず、改悟を願うことにした。


年末に、中大夫からの使いをうけた華元は外出した。夕方に帰宅すると、すぐに士仲を呼んだ。

立ち聞きをする者がいないか、たしかめた華元は、着席するや、

「なんじは、王姫の諜者か。ならば、罷《や》めてもらうしかない」

と、厳色をみせていった。

王宮の奥むきを取り締まる中大夫は、王姫に伺候した士仲をいままで三度みかけたという。士仲が華元の家臣であると知った中大夫は、

——さてはあの者は華元の密使か。

と、考え、王姫と華元が連絡をとりあっているのだとおもった。だが、それに関して華元から一言もなく、自分が無視されたことに不快をおぼえた中大夫は華元を招いて、

「かつて卿はわたしにたいして、宮中のことはなんじに任せる、とおっしゃったではありませんか。しかるに、ご家臣を後宮につかわされている。君をお守りするのに、わたしは不要になりましたか」

と、口調を荒らげた。

——士仲は王姫とつながりがある。

そのことを華元ははじめて知った。中大夫に釈明しつつ、暸然としてくることがあった。士仲は王姫の内命をうけて、叛徒をさぐり、桓氏の内情を告げ、いま華氏について報告をしている。

「わたしは痛くもない腹をさぐられるのは、好まぬ」

華元の烈しいことばにさらされた士仲は、やや青ざめて、肩を落とした。

「偵諜《ていちょう》であったことはたしかです。ただし、それは主にお仕えするまでのことで、主の臣下となってから王姫に伺候したのは、血縁にある者としての会釈にすぎません。信じていただけませんか」

「血縁……」

これも初耳である。士仲は桓氏の族員であったはずである。王姫とどのような血のつながりがあるというのか。

「王姫の媵《よう》として宋にくだってきたのが、わたしの母です」

と、士仲はいった。媵は侍女といいかえてもよいが、士仲の母は王姫の従妹《じゅうまい》であり、たんなる付き添いではなく、第二夫人になりうる資格をもっていた。王姫が襄公夫人になって、さほど年がたたぬうちに襄公が歿してしまった。襄公の子の成公は王姫を宮中に残したものの、士仲の母を桓氏のひとりに嫁《とつ》がせた。そこで生まれたのが士仲である。

——そうなると士仲の年齢は三十に達していない。

華元の胸裡におどろきが生じた。士仲は三十四、五歳であろう、とおもってきたのである。士仲はものごしに落ち着きがあり、ときどき老成をおもわせる挙措をみせるので、華元はすっかり年齢を読みちがえていた。

士仲は淡々と語る。

「わたしが主にお仕えしたことを王姫に告げますと、王姫は、あとはなんじの主を守ることだけを考えればよい。華氏を守ることが君を守ることになる、と仰せになりました。公子須と武氏について以前しらべたことを、家宰どのに告げようとすると、なんじはこの件にかかわってはならぬ、主の命令である、といわれました。わたしは主の寛厚に、感涙にむせびました。王姫の内命について秘匿《ひとく》していたことを、主がお赦しにならぬのなら、いさぎよく去りますが、申し上げたことに、嘘やいつわりはありません」

士仲は深々と頭をさげた。それから、立とうとした。

「待て、わたしはなんじを誤解した。あやまる」

あわてて華元は席をおり、士仲をひきとめた。以後、士仲は華元にとってかけがえのない佐弐《さじ》の臣となる。

二日後、家宰をみかけた華元は、小さく手招きをして、その耳もとで、

「士仲は襄公の遺児かもしれぬ。そのことを知っているのは、天と王姫のみであろう」

と、ささやき、家宰をのけぞらせた。

年が明けた。この年、謀叛が瘴歊《しょうきょう》する。

変の章

五月、東方で凶事があった。

斉《せい》の懿《い》公が臣下に暗殺されたのである。

「斉人《ひと》、その君商人《しょうじん》を弑《しい》す」

という通知は斉の朝廷から諸国の朝廷になされる。伝達する者はおそらくその国の史官であろう。むろん宋の朝廷にもその通知はとどけられ、宋の史官も記録するのである。

懿公の横死を知った文公は、なんともいえぬ顔を華元にむけた。

――懿公は天によって誅殺された。

と、華元は心中でいうしかない。文公も一歩道をあやまれば、懿公とおなじように非命に斃《たお》れたかもしれない。

くりかえすことになるが、懿公は公子のころ、声望を高めるために、国人にほどこしをおこない、多くの士を集めた。家財をつかいつくしてしまうと、公室の財をつかさどる役人に請うて借財してまで、ほどこしをつづけた。が、期待したほどには声望はあがらず、その偽善に倦《う》んで、ついに凶器をもって君主の位を奪った人である。

懿公には偏執《へんしゅう》の性があり、君主になるとさっそく旧怨を晴らした。公子のころ、土地の境界の件で争った者がおり、裁判でその者に負けたのであるが、くやしさを忘れず、君主になるやその者の遺体を掘りださせて刖《げつ》（足切り）の刑に処した。その者の子を邴歜《へいしょく》とい い、懿公は自分の馬車の御者にした。また懿公には閻職《えんしょく》という臣下がいる。閻職の妻の美しさに目をつけた懿公は、強引に妻をとりあげて、後宮にいれてしまった。閻職は馬車に同乗する衛士、すなわち参乗《さんじょう》である。

この年の五月に、懿公が申池《しんち》というところに出遊した。従者である邴歜と閻職は、池で水浴をしているうちに、争いをはじめ、邴歜は御者だけにつかいなれた扑《むち》をつかみ、閻職を抶《う》った。閻職は君主を護衛する勇士であるから、斉国一の剛力の保持者であるのだが、ひごろはおとなしい。が、このときばかりは烈火のごとく怒り、邴歜につかみかかってその首を締めようとした。荒い息の邴歜は、

「妻を人に奪われても怒らなかったくせに、いちど叩かれたくらいで、怒るなよ。たいしたことではあるまい」

と、皮肉った。目を血走らせた閻職は、

「父の足を切られても悲しまなかった者とくらべて、どうかな」

と、皮肉をかえした。このあと急にふたりはしんみりとしてしまった。しばらくしてふたりの目が合った。

——やるか。


復讎を、である。さいわい懿公の近くに人はいない。しめしあわせたふたりは、なにげなさそうに懿公に近づき、あっというまに懿公を殺すと、屍体を竹林のなかにはこびいれたあと、公宮に帰り、懿公からさずけられた爵を残して去った。しばらくして懿公の死を知った大臣は、懿公の政治に批判的であった公子元《げん》を迎えて君主として立てた。公子元は桓《かん》公と少衛姫《しょうえいき》のあいだに生まれた子である。のちに恵《けい》公とよばれる。


むろん宋の文公と華元は事件の詳細は知らない。が、悪徳のむくいによって懿公が死んだということを理解すれば充分であった。

「恐ろしいことだ」

とだけ、文公はいった。

「君は天を恐れておられる。天を恐れる者を、天は誅《ころ》しません。斉君はけっきょく自身を誅したのです。凶器は時を経ておのれにかえってくることを知らなかった。もしもそれを教えてくれる臣下をもてば、斉君は恭黙《きょうもく》をこころがけて、わざわいからまぬかれたはずです。斉君は公子のころに賢士を集めたときききます。が、そのなかにまことの賢士がいなかったことはあきらかです。偽善は、人をだませても、天はだませないのです」

この華元の声に打たれたように、文公はまぶたをおろし、口をかたく閉じた。

「昭公の遺児を都内でみかけた者がおります」

と、家宰がいったのは、強い涼風が吹く日であった。華元は心のかたすみに寒さをおぼえた。

「公子がひとりで歩いていたわけではあるまい」

「帳《ちょう》をさげた車中から、わずかに顔をのぞかせたのを、楽呂《がくりょ》どのの側近がみたのです。女の乗る馬車に男が乗っていたので、不審をおぼえたようです」

楽呂の近臣には沈毅な者が多く、臆測でものをいうことはない。あとを蹤《つ》けて、しらべたにちがいない。

「どこの家の馬車に、公子は乗っていたのか」

「穆《ぼく》氏、ということです」

「穆氏……。とうとう武氏は、穆氏を陰謀にひきずりこんだのか」

武公の子が穆公であり、ともに春秋初期の君主である。その二君主から岐出《きしゅつ》した家が、ここにきて、危険な想念を練染《れんせん》して結託したようである。

——まだ武氏は謀叛をあきらめていないのか。

華元は暗い気持ちになった。それから数日後に、こんどは中大夫から容易ならぬことをきかされた。

「司城邸に、武氏の重臣の出入りがあります」

司城とは、文公の弟の公子須《しゅ》をいう。華元は小さく嘆息した。

「ついに、三変がそろったか、いや、四変では一変がよけいだ」

「何のことですか」

「吉をだそうとして占いすぎると、卦《か》さえうしなうということです。かれらの共謀は、まさにそれだ。ところで、急にかれらの動きが活発になったのは、どうしてなのか」

「わたしもそれを考えていました。今年の十二月にわが君が除服なさるので、おそらくそれを期して、かれらはいっせいに挙兵するのではありますまいか」

と、中大夫はおもいがけないことをいった。先君の昭公は文公の兄であり、その死にたいして、文公は悼心《とうしん》をあらわすために喪に服している。聴政の席にはついていない。おもてむき華元が朝廷の運営者になっている。

「除服か……、そうかもしれぬ。ただし、喪に服しているのはわが君ばかりでなく、昭公の遺児もそうだ。この公子は、服喪中に都内を見物していた不孝者だが、いちおう十二月には喪を除く」

「この推測は、わきにおいて、二、三カ月のうちにかれらが事をおこしそうなけはいです。卿《けい》は、どうなさいますか」

「まがりなりにも、公子が父の昭公の死を悼《いた》み、その徳を追美し、挙兵をみあわせていたのであれば、公子を大夫《たいふ》にとりたて、食邑をさずけてもらえるように、君に願ってみる。謀叛の輪から公子をひきぬけば、かれらの結束はくずれよう」

「そうでしょうか。それでは四変を三変に匡《ただ》してやるようなものではありませんか」

「はは、わかっていたのか」

「昭公の遺児がぬければ、武氏と穆氏はすっきりと司城を奉戴して、叛乱の旗をかかげるでしょう」

中大夫のいう通りであろう。武氏は文公を殺すか追放して昭公の遺児を君主の席に迎えるつもりであったにちがいない。一方、司城の公子須は兄の文公を抹殺して、自分が君主になろうとしている。武氏と公子須が手をむすぶにおいて、叛逆後にたれが君主になるかという問題を解決したのかどうか。未解決のうちに昭公の遺児を離脱させれば、かれらをまとまりやすくさせてしまう。

「わかった。わたしが司城を説諭してみる」

公子須に叛逆をあきらめさせれば、武氏と穆氏の叛違の心はおのずとついえよう。

「卿が——」

中大夫は目容《もくよう》にとまどいをあらわした。

「司城の妄想をこわすしかあるまい」

華元は今夕に司城邸へゆきそうである。中大夫は雑念をふりはらったような顔を華元に近づけ、

「やはり、おとめします。毒殺されます。司城は表裏のあるかたで、はっきり申せば、陰《いん》黠《かつ》です。兄おもいで善き弟の顔をわが君にむけていますが、裏面は醜悪で残忍であり、わが君をねたみ、憎んでいます。卿の面諭に悔謝《かいしや》するどころか、目のうえの瘤《こぶ》をのぞくような気分で、卿を消そうとするでしょう」

と、低いが力のある声でいった。

「閣内での司城はものわかりがよいが……」

帰宅した華元は、夕食後、士仲《しちゆう》に、

「いまから司城邸へゆく。従《とも》をせよ」

と、いいつけた。士仲は一瞬、息をとめ、それから、

「司城は危険なかたです。もしかすると、主のご遺体を馬車に乗せて帰るようなことになるかもしれませんので、ここで諫言を申し上げます」

と、両膝をゆかにつけて、いいつけをこばむ容態をみせた。が、華元は気にせぬふうで、士仲の肩にかるく手をかけ、しゃがんで、

「わたしは血をみるのが、すきではない。このままだと、司城を誅さねばならぬ。なんじがわたしをいさめたように、この国の政治をまかされているわたしは、司城をいさめる義務がある。公子須が司城という顕位を得ても、なお、兄である君を殺そうとするのは、欲望の深さだけではかたづけられないわけがあるのではないか。そのわけがわかれば、血をみずにすむかもしれぬ。さあ、立って、馬車に同乗せよ」

と、おだやかにいった。華元が親戚の家にでもゆくような気楽さをみせているので、つい士仲は、ぶじに往復することができるのではないか、という気になった。家宰に伝言しておきたいとおもったが、華元の挙動が速いので、そのゆとりをもてなかった。

馬車は発した。

士仲が御《ぎょ》をおこない、馬車の左右にひとりずつ護衛の武人がいるだけである。涼風をう

けた車上の炬火《きよか》が前途の闇をゆっくりと破ってゆく。

華元は黙ったままである。

やがて馬車は司城邸に近づいた。

突然、前方に炬火が出現した。一乗の馬車が路をふさいだ。士仲は手綱をひきしぼって馬をとめた。

「何者か。路をあけよ」

護衛の武人は叱声とともに趨《はし》った。が、かれの影が急に小さくなった。炬火を地において跪拝《きはい》したらしい。華元は眉をひそめた。武人は趨走《すうそう》してかえってくるや、

「王姫が主を招いておられます」

と、顔をあげて、舌をもつれさせながらいった。

「なんと——」

華元は馬車からとびおりた。あわてて車中の王姫を趨拝した。帳をあげた王姫は、

「やはり、きましたね。なんじをとめるのは、わたくししかいそうもないので、寒月を楽しみつつ、待っておりました」

と、澄んだ声でいった。王姫は、寒月、といったが、じつはこの夜、天空に月はない。あとで華元はそのことに気づいたのであるが、どうやら王姫はこの世の蒙《くら》さを啓《ひら》いている

華元を、冬の夜の月にたとえてくれたらしい。

華元は地上にすわって言を揚げた。

「司城の妄想を匡す者が宋にはひとりもいなかったといわれると、君の徳が涼《うす》くみられます。右師として、せねばならぬことは、ここにもあると存じます」

「なんじの誠意はよくわかります。ただし、司城の妄想を匡そうとした者は、すでに、家の内外にいた。内の者は司城に斬られ、外の者は司城に怨毒《えんどく》をあびせられた。なんじが邸内にはいれば、ほんとうの毒を飲まされます」

怨毒をあびせられたのは、王姫かもしれない、と華元はおもった。叛逆の炎が大きくなるまえに王姫はひそかに司城を諭《さと》したにちがいない。しかしかえって王姫は司城に憎悪されたのであろう。

「司城は武氏と穆氏と密約を交わし、与党を集めております。年内には叛旗が揚がり、公宮は賊徒に攻められましょう。国力をましてゆかねばならぬこのときに、内訌《ないこう》がおこっては、国力を損失します。司城の肚《はら》のなかにある望みをきき、善処して、内訌を未然にふせがねばなりません」

そういった華元の頭上から王姫の声が冷ややかにふってきた。

「司城の望みは、君主になることです。司城は幼少のころ生母に溺愛され、父である成公からは、須を太子にすればよかったがいまさら廃嫡はできぬ、といわれたようです。司城はそれを忘れたことがなく、昭公の歿後は、自分が君主の席に即《つ》くのが先君の遺志だとおもいこんでいます。兄を輔《たす》ける気は毛頭ありません」

「さようでしたか……」

司城が兄の文公に君主の席をよこどりされたと考え、それをとりもどすことが正義であると信じているのであれば、文公に信頼されている華元は、強奪者のかたわれにみえるであろう。

「右師よ、犬死にしてはなりません。なんじが死ねば、宋は雍熙《ようき》を喪い、君は苦難のながれに没し、民は斡棄《あつき》の悲しみに沈むでしょう」

いいおえた王姫は、帳をおろして、馬車をださせた。地面をみつめて、遠ざかる音をきいていた華元は、うしろにひかえている士仲に、

「わたしには徳がない」

と、背でいった。

「主は、かつて、足もとに落ちている塵を黙って拾うことが、徳を積むことだと仰せになりました。主が司城邸の近くの土をつかんで座しておられることが、徳そのものではありませんか。涼風にさらされた主の声なき声は、司城にとどかなくても、かならず宋の心あ

る人々の耳にとどきましょう。司城が滅んでも、宋にとって有益な士が、主の無声の訴えのなかから立ちあがるのではありますまいか」

華元にその声が染みた。ふと、落涙しそうになった自分におどろいた。

「わたしは名宰相になれそうもないが、なんじは名輔佐になれる」

と、華元は、士仲にきかせるというより、眼下の黒い地にむかっていった。

司城、武氏、穆氏の共謀は、昭公の遺児をかかえて、かなりの早さで進捗《しんちょく》していたといってよいであろう。

年内に挙兵することがかれらの暫定であった。

首謀者に面諭することをあきらめた華元であったが、武力によってかれらを潰滅《かいめつ》することを好まず、ひとりでも陰謀から離脱させられないかと考え、ひそかに人をつかって武氏と穆氏の知人を説き、その知人を動かして叛逆をとめようと腐心した。こういう曠懐《こうかい》は天性であろう。冷酷になりきれないところがかれの長所であり短所でもあるといえる。

――優しすぎる。

と、家宰はおもった。叛逆をたくらんでいる者たちは、華元のおもいやりが通ずる相手ではない。謀叛の証拠などを待たずに、賊徒をつぶすべきであり、そうしなければ君主の安全がおびやかされる。君主が急襲されて斃《たお》れてから、賊徒を討っても、ておくれではないか。そのあたりを家宰がほのめかすと、華元は二、三度小さくうなずき、

「知者は遅れて立つ」

などと、悠長なことをいう。ひとりで気をもんでいる家宰は、つい士仲の意見を求めた。

「すでに十一月もなかばをすぎた。賊徒はなにゆえ立たぬ」

「準備が万全ではないからでしょう」

「その準備とは――」

「ひとつは君を弑《しい》すること、ひとつは王姫を殺害すること、さいごのひとつは主を伐《う》つこと、それらのための準備です」

いわれてみれば、そうである。その三者を同時に殺さなければ、実権をにぎることができない。政権を奪うときに、かならず気をつかわなければならないのは、桓氏の存在である。この大族に首を横にふられると、政権は安定しない。いま叛逆者どもは桓氏と裏とりひきをおこなっているのであろうか。

「奸臣め。宋を滅ぼすつもりか」

と、家宰は眉を逆立てた。

「君が聴政の席におつきになる日が、もっとも危険です。王姫と主が君の近くにいること

になり、賊徒にとっては三者をまとめて殺しやすいからです」

「ふうむ……、ゆゆしきことだ」

家宰は深刻に考えはじめた。そのあいだ、士仲もまなざしを虚空にただよわせて黙考している。ようやく家宰は、まだ士仲が立ち去っていないことに気づいた。

「どうした」

「はあ、これは放っておくと、大事件になります」

「そんなことくらい、わかっているわい」

と、家宰は士仲にあきれ顔をむけた。

「桓氏が国権をにぎるかもしれません。叛逆者たちを桓氏があやつりはじめたと考えられなくはない」

「なんだと、陰謀の奥に陰謀があると申すのか」

「そうです」

士仲の目容がさだまり、ことばに力がみなぎった。叛逆の首謀者は、文公、王姫、華元の三人を殺したあとのことも熟考しているであろう。華元の子は幼少であるから家中をまとめきれないので、無視してもよい。無視することができないのは、楽呂の存在である。かれは華元と友誼を交わしており、烈しい直諒《ちょくりょう》さをもっているから、華元が暗殺されたと知れば、政治的な顧慮などをいっさいせずに、暗殺者にまっすぐ兵をむけるであろう。華氏の族人がそれにくわわれば、あなどれない兵力になる。

「司城の側近に知恵者がいれば、華氏を抑えるという巧妙な手をつかうはずです」

「なんじの血のめぐりは、どうなっている。わしにはわからぬ」

「華氏の総帥は、いま主ですが、君が即位なさるまえは華耦《かぐう》でした。華耦の子の弱《じゃく》に、おいしい話をもってゆけば、どうです」

この血のめぐりのよさは、異常といえるほどである。華氏は戴《たい》氏のなかの一族であるが、戴氏全体を主導しているのは華元であり、華氏なのである。その華元が歿すれば、若くても華弱が総攬《そうらん》者になりうる。それをみこして叛乱の首謀者が大臣の席を華弱に約束しておけば、楽呂を孤立させることができる。

家宰は飛びあがらんばかりにおどろいた。

華弱の評判がかんばしくないので、華元は華弱を推挙しようとせず、両家の交誼は冷えつつある。華元の栄達を悵望《ちょうぼう》している華弱が陰謀に加担しないとはかぎらない。

「気持ちの悪いことをいうな」

「気持ちの悪いのは、これからです」

「桓氏の陰《かげ》の簸弄《はろう》か」

「まさに――」

桓氏は司城などの叛逆を黙認する。そのあとかならずおこる楽呂との戦いを見守る。楽呂の死を確認するや、突如挙兵して、叛逆者たちを殲滅《せんめつ》し、直後に、陰謀に加担した罪で華弱を誅す。それで桓氏の頭を押さえつける者は国内に皆無となる。あとは意のままになる公子をさがしだして君主にすえれば、かれらの企望は完遂《かんすい》されたことになる。

「士仲、なんじは大悪人になれるぞ」

青ざめつつ、家宰は叫んだ。

「そうさせぬために、わたしが華弱を説きましょうか」

「いや、なんじはこの件にかかわってはならぬ。わしが往《ゆ》く。少々恫《おど》しておこう。もともと華弱は小心者だ」

まだ家宰は半信半疑であるが、念のために華弱家を訪問した。

華元は用心をおこたっていたわけではない。

十二月が文公にとっても自分にとっても危険な月であることを充分に承知していた。が、謀叛の証《あかし》をあえてさぐりだしたいとおもわず、まして証拠もないのに文公の反勢力を弾圧することを好まなかった。

――賊徒が挙兵してもかまわぬ。

とさえおもっていた。戦いは遅れて立つ者がけっきょくは勝ち、そこに正義が樹《た》つ、と信じている。はじめの戦いに負けて、亡命せざるをえなくなっても、文公と王姫を護りぬいて、かならず帰国して、文公を復位させる自信がある。しかしこういう考えかたは、たれにも理解されそうにないので、口にしたことはない。

「あなたを殺そうとしている者を殺さないから、逃げることになるのだ」

と、たれもがいうであろう。しかし華元は、自分を殺そうとしている者を殺して、生きる、ということを好まず、自分を殺そうとしている者に殺されないように、生きる、ということを好む。天を恐れる者の生きかたとはこういうものだ、といいたい。

十二月にはいると家宰の顔がひきしまった。十日ほどたったとき、家宰は、

「華弱は武氏に通じているようです」

と、華元に告げた。さらに八日がたち、

「昭公の遺児は司城邸へ移ったとおもわれます」

と、家宰はいった。あと六日もすれば文公は聴政の席につく。

「五日後に、庫《くら》をひらき、武器をだすように」

とだけ、華元は指示した。家宰はぬかりなく五日後の夕《よる》にすべての家臣を集め、邸内で

待機させた。

——今夜、なにごともなければ、明朝に異変があろう。

この予感のなかで家宰は夜をすごした。胸のなかにいまいましさがある。華弱には謀叛にくわわらぬように暗にいったのに、武氏の甘言につりこまれたらしい。このままでは華弱とも戦わねばならない。そんなことを考えているうちに、士仲のいないことに気づいた。

「肝心なときに、どこへ行った」

ふと気づいて家宰は奥むきの臣である豎臣《じゅしん》に問うた。おもった通りであった。士仲は華元の使いとして邸外にでたという。

——わが主は磊落《らいらく》そうにみえるが、なかなかどうして、こまかなことに目くばりをする人だ。

ただし使者としての士仲がどこにむかったのかはわからない。深夜であり、華元を起こすことはできない。ねむらずに夜明けを迎えるつもりであったのに、家宰はつい熟睡してしまった。

ただならぬ足音が近くを通過した。

家宰はゆり起こされた。

「武器をとるご許可を——」

と、ひとりの家臣が耳もとでいっている。

「何っ」

跳ね起きた家宰は、室外がまだ明るくなっていないことを目の端で感じ、ほっとしたもののの、意識の半分がまだねむっており、すぐに歩きだせなかった。

「君の使者が到着なさって、いま主になにごとかを命じておられます」

「それを、早くいえ」

家宰はすべての家臣を集め、武器を渡した。そのあいだに文公の使者は去った。華元は曇った表情をしている。

胸騒ぎをおぼえた家宰は、

「どうなさいました」

と、おもいきってきいた。一瞬、華元の目に哀々《あいあい》たる色があらわれ、消えた。

「君が司城と昭公の遺児を誅殺なさった」

「まことですか」

「われわれはこれから華弱邸へむかう」

「華弱を攻めるのですか」

華元の胸で鳴っている悲痛さが家宰にきこえてきた。文公が実弟の須を誅したことは重

大事であり、そうならないようにしてきた華元の腐心が虚しくなった。さらに、同族の門を破らなければならないのは痛恨事であろう。

「華弱を討つわけではない」

と、華元はにがさをふくんでいった。華氏どうしで矛戟《ぼうげき》をまじえるのではないのなら、華元の音吐にすこしは明るさがあってもよいのに、奇妙に暗い。家宰は落ち着かぬまなざしでつぎのことばを待った。

「華弱が、君に、じかに密告した。武氏は華弱と挙兵すべく、兵とともに華弱邸にいる。司城も武氏も、華弱にあざむかれたのよ」

「あの華弱が――」

家宰は舌打ちをした。今朝、叛逆者どもが挙兵することを知っていたなら、華氏一門の者としては、まず華元に報せるべきであろう。だが華弱は華元を無視して、君主に直訴した。文公は実弟の叛逆の心をはじめて知り、おどろき、怒り、中大夫をよびつけて証徴《しようちよう》の有無を問うたにちがいない。やむなく中大夫は、文公の即位の日にも陰謀があったことから今日にいたる共謀の経緯を具上《ぐじよう》することになったのではないか。昏惑《こんわく》などしたことのない文公が、このときばかりは逆上し、即座に官吏に兵をつけて、司城邸にむかわせた。また、武氏と穆氏を族滅せよ、という命令を戴氏、荘《そう》氏、桓氏にくだしたという。

「主よ……」

家宰は複雑な気持ちになった。

「憎む者を生かすことは、人には至難のことであるらしい」

自分の徳をそこなっても文公の徳を保全すべきであったのか。が、愚劣な臣を左右にならべた名君がいるはずはない。人知れず華元がおこなったことが文公の積徳に反映されぬとは考えたくない。

「ゆくぞ」

華元は兵車に乗った。静かに邸をでたこの小さな兵団は、大路をふさいでいる兵団に近づいた。楽呂が華元を待っていたのである。

「右師の兵は、路を遮断していてもらいたい。邸内への突撃は、わしがやる」

と、楽呂は大声でいった。

「おまかせする」

華元はあっさりいった。やがて桓氏と荘氏の兵が華弱邸に通ずる路をすべてふさいだ。華元のいるところは、戦場における本陣にひとしくなり、司馬の蕩虺《とうき》が包囲の状況を告げにきた。

「水ももらさぬ布陣です。いつでも攻撃命令を――」

という蕩虺の声を片耳できいた華元は、亢奮《こうふん》から遠い表情で太鼓を打った。この音が天にとどいたのか、わずかに東の空が白く破れた。

この日、より正確にいえば、昼まえに武氏と穆氏は滅んだ。むろん都内の狭い戦場から脱出した両家の子弟や家臣がいた。また、それらの支族で戦闘にくわわらなかった者たちも追放され、国外にでた。武氏と穆氏は宋から消えたのである。

「よくやってくれた」

文公は華元にねぎらいのことばをかけた。が、華元の表情は冴えない。

数日後、宮室の奥の一室に招きいれられた華元は、青ざめている文公をみた。目に涙をためている文公である。

「華元、ゆるせ。わしはなんじの心を踏みつけた」

「何を仰せになりますのか」

「今日、すべてを知った。わしは何という暗君であろう」

「君よ、もう何も仰せになってはなりません。君が司城に誅罰をお与えになったつらさは、君よりほかにたれも存じません。人を愛するということは、もっとも非情に似ていることなのでしょう」

華元は文公をみつめ、目語し、足音を殺してその室をあとにした。

飛の章

新春、華元邸でにぎやかな声が揚がった。

華元が楽呂《がくりよ》を招待し、司寇《しこう》に就任したことを賀《いわ》う会を催した。

叛乱の鎮圧にもっとも大きな功があったのは、私兵を率いて華弱《かじやく》邸に突入した楽呂であり、そのことを知った文公は、ほどなく司寇の公子朝《ちよう》が逝去したので、後任に楽呂を抜擢した。ついでにいえば、司城であった公子《こうし》須《しゆ》が誅殺されたのであるから、当然司城の席は空《から》になった。文公はそこに荘《そう》公（武公の孫・襄《じよう》公の祖父）の孫である公孫師《こうそんし》をすえた。公孫氏も武氏と穆《ぼく》氏を駆逐することに尽力した人物である。したがって宋《そう》の五卿はつぎのようになった。

右師《ゆうし》　華元（戴《たい》氏）
司馬《しば》　蕩虺《とうき》（桓《かん》氏）

司徒《しと》　鱗鑵《りんかん》（桓氏）
司城《しじょう》　公孫師（荘氏）
司寇《しこう》　楽呂（戴氏）

くりかえすようであるが、左師《さし》は空席のままである。また司徒の鱗鑵は文公の即位の年まで在職していたことはたしかであるが、その後史書に名があらわれないので、いつまで在職したのか不明である。この年にすでに引退か死亡していることもありうる。

文公は喪に服しているかたちをとりながら、閣内をおおっていた桓氏の勢力を減殺《げんさい》し、聴政をはじめるにあたって、閣内のつりあいのよさを実現したといえるであろう。

叛逆をつぶすことにおいて、最大の功があったのは、じつは密告者である華弱であるが、文公はかれに賞をさずけたものの、重任をあたえなかった。そのあたりも、臣下をみる目のある文公らしいやりかたであった。

楽呂は裏表のない人物である。

死ぬまでに卿の位にのぼれようとは夢にもおもっていなかった楽呂は、おもいがけない栄進に素直に喜んだ。

——華元の口添えがあったからだ。

と、楽呂は信じ、この祝賀会でもそれをいい、華元に感謝の辞をむけた。

「なんの、楽氏の誠心が君にとどいたせいです。わたしの愚説に心を左右になさる君ではない」

実際、華元は楽呂を推挙していない。

が、楽呂はそれを謙遜と解し、

――恩着せがましいことを一言もいわぬ。よくできた男よ。

と、ますます華元を心中でもちあげた。かれは盤饌《ばんせん》に舌つづみを打った。酒はみかけほど強くない。酔うほどに文公と王姫を称《ほ》めちぎった。

「わしは嘉《よ》い世をみることができた。ありがたい。右師のご尊父は、いまの治世を知らぬ。ともに蒙《くら》い時代を生きてきたのに、わしは光をつかみ、ご尊父は闇を握ったまま逝《ゆ》かれた。わしにはやるせない悼《いた》みもある。わかってくれようか」

この悔言《かいげん》に楽呂という人物の誠実さとその誠実さに光をあてなかった時代の閉塞が感じられる。

「わかりますとも。よく、わかります」

華元は心のなかに父の顔を浮かべた。

「わが君には慎重さがある。襄公のように覇気をおもてにだすことはあるまいが、右師はどうみている」

「宋は中程度の国です。覇権を欲すれば天譴《てんけん》がくだりましょう。君は軽剽《けいひょう》から遠いところにおられ、内政に専心なさるはずです」

「それがよろしい。他国を攻めず、自国を守る。わしは君を佐《たす》け、治安をよくする。それだけを考えよう」

楽呂は司寇であるので、警察権を掌握している。いま国内に盗賊が跳梁《ちょうりょう》しているわけではないが、偸盗《ちゅうとう》のたぐいが皆無であるとはいえない。楽呂は不逞《ふてい》のやからを取り締まらねばならぬことは当然であるものの、文公が楽呂を起用したわけは、叛逆した武氏と穆氏の残党と支族が、いったん宋をでてから、また不穏なたくらみをもって国内に潜入することを防がせるためであろう、と華元はみた。楽呂は、武氏と穆氏にゆかりもかかわりもなく、かれらにそそのかされることはありえず、職務を厳格に遂行すると文公におもわれたのではないか。

楽呂は酔ってきた。まぶたが重そうである。

その酩酊ぶりを、すこしはなれた席でながめていた士仲《しちゅう》に、家宰《かさい》が近寄ってきた。

「あの夜、なんじはどこに行っていた。そろそろ話してもよかろう」

「家宰どのも、お酔いになったか」

「ふふ、なかなか口が堅いな。いわぬとなれば、推測するしかない。あたっていれば目でうなずけ」

「困りましたな」

士仲は首のあたりを軽く掻《か》いた。

「なんじは王姫を逃がそうとしたであろう。それから、ふむ、ふむ、なんじは――、乱が鎮圧されてから三日後に帰ってきたとなると、郊外どころか、もっと遠くへ行っていたな。主の采邑《さいゆう》へゆき、郷士を集めたか。それだけではないな、万一にそなえて、亡命のための脱走路を確認していたか」

士仲はいちども目でうなずかなかったものの、家宰の言が急所をはずさなかったことにおどろいた。王姫のもとに行ったことはたしかである。文公の子を後宮に移し、王姫に保護してもらい、叛乱の兵が公宮に迫ったら、すばやく後宮から外にでて、華元の采邑にむかって走ってもらい、それを采邑の兵が迎えるや護衛して国境をめざす。亡命地は晋《しん》である。そのための手配を士仲はおこなった。士仲には私臣が十数人いる。かれらを配置しながら奔走していたのである。

華元の命令でひそかにおこなった手配が活《い》きなかったことは、むしろさいわいであったが、まったくの徒労であったわけではない。士仲の配下は宋を脱出しようとする集団を目撃した。それは武氏の支族のひとつのようであった。

——武氏と穆氏の枝葉の族がひとつにまとまれば、かなり大きな勢力になろう。

と、士仲は感じた。それゆえ復命後に、

「かれらがどこに逃げたかを、たしかめておかなくてよろしいですか」

と、華元にむかっていった。

「かれらは再集結するとおもうか」

「公子は君に誅殺されましたが、武氏と穆氏は騙されたというおもいが強いので、復讎のためにどこかで団結する、とおもわれます」

「そうか……、そうおもうか。かれらはもともと君や王姫を急襲しようとした。騙し伐《う》とうとした者が、騙し伐たれたことを怒り、恨む。人とは、どこまでいっても、理解しがたいものだな。おのれの欲望の大きさゆえに、自滅したことがわからず、復讎をとなえる。その復讎さえ、わたしには形をかえた欲望にみえる。反省を忘れたかれらは、自滅をくりかえすことになろう。亡命先をたしかめるにはおよばぬ」

と、華元はいった。

武氏と穆氏の子弟や家臣には、奉戴すべき公子須《しゅ》も昭公の遺児もいない。怨恨はたしかに行動の源にはなるが、正義に杖《よ》らない一挙は同情者を吸収することができない。かれらの再度の叛逆はぜったいに成功しない。成功しないことを企て、情念のはけ口をもとめてさまよっているかれらを、追いつめるようなことはしたくない。そのときは、こちらも正々堂々と邀《むか》え撃つ。

――はっきりと叛旗をひるがえして攻めてくればよい。

華元は生涯詐術《さじゅつ》とは無縁の男であった。


この年の秋、南方におこった戦雲が宋におよんだ。

楚《そ》軍が北伐の軍を催し、まず陳《ちん》を攻め、ついで宋の国境を侵した。

「いまの楚王は若く、瞀乱《ぼうらん》で、先王が亡くなったあと、服喪のあいだに殷《さか》んに宴会をおこなって群臣の顰蹙《ひんしゅく》を買った暗君であるときく。国内は紊《みだ》れ、盟下の族は睽違《けいい》し、内乱があり、外寇もあったようだ。この失徳の王が軍を率いてきたことは、狂人が武器をもったようなものであろう」

と、文公は愁顔をみせた。かれが暗君であり失徳の王であるといった楚王こそ、のちに春秋の五霸のひとりにあげられる荘王である。

荘王は即位したとき実力のある王族にひきずりまわされたというにがい体験をもったため、王族や臣下の本性をみきわめようとわざと愚惑《ぐわく》のかたちをみせた。ひそかに峻別をおえた荘王は、害悪の臣をまとめて誅殺し、粛清を断行しおえると、楚を蚕食《さんしょく》していた族をまたたくまに撃退した。

内憂と外患を一掃し、一年をおいての北伐であった。

華元の父の華御事《かぎょじ》は比較的に荘王の父の穆王に信頼されていた。鄭《てい》が楚の盟下から脱したあと、華氏と楚の王室との距離は大きくなったが、それでも断交したわけではない。華元の家の特務といえば楚との交誼を保つということであったので、自家の都合だけをいえば、鄭が楚に帰服してくれたほうがよい。だが文公は公子のころに兄の昭公が穆王にむごくあつかわれたことをみており、

「楚王には仕えぬ」

と、明言している。

——楚軍と戦う。

これが国の意志であるかぎり、華元はそれにそった配慮をしてゆかねばならない。晋に急使を送ったあと、

「野天で楚軍を邀撃《ようげき》してはなりません」

と、文公にいい、籠城しつつ楚軍の動きを見守ることにした。荘王の軍事における実力がわからないので、

「楚軍を観《み》てくるのだ」

と、士仲に命じた。慧敏な士仲は華元の意中を察して、楚軍の兵力や進路だけではなく、伍隊のありさままでこまかく観察して帰ってきた。

「楚王はあなどれません」

報告の第一声がこれであった。兵気が充実しており、しかも統一されている。行軍は速からず遅すぎず、ほどがよい。軍令がゆきわたっているせいか、伍隊に乱れがない。すなわち楚軍にはすきがない。

「おどろいたな」

華元はつぶやくようにいった。楚王は暗君どころか、たぐいまれな名君かもしれない。楚の国力と軍が充実することは、宋にとって不幸となる。今後、宋は楚の猛威にさらされることになろう。さっそく華元は文公に謁見して、荘王にたいして文公がもっている謬想《びゅうそう》を匡《ただ》した。

「それでもわしは楚王には仕えぬ。楚に帰属すれば、王姫を哀しませる」

と、文公は意志の固さをしめした。

累代の楚王は周王室を尊んだことはいちどもない。それゆえに楚の君主は王を称《とな》えている。いま諸侯の盟主である晋君は、実質的に天下を運営しているにもかかわらず、周王室を敬いはばかって王を僭称《せんしょう》しない。爵位も侯のままである。すべての君主は、

公　侯　伯　子　男

という五爵のどれかをもつが、最上位の公爵である君主は、春秋時代の初期に、西虢《せいかく》や虞《ぐ》など四人しかおらず、それらの国が衰亡したため、いまやひとりしかいない。このひとりが宋の文公なのである。楚王など、周の爵位では子爵にすぎない。

「しかとうけたまわりました」

荘王がどれほどすぐれた君主でも、その威力に屈しない方策をたててゆくのが華元のつとめである。

楚軍はゆっくりと宋の国を通過した。

――ははあ、これは儀式だな。

新しい楚王のための除道《じよどう》といってよい。除道は敵地を攻めるまえに、道を除《はら》っておく呪《じゆ》術《じゆつ》的な攻略で、商（殷）の時代の王室がおこなった。

商王の後裔が建てた国である宋をあずかっている華元が、そのくらいのことがわからなければ、上卿としては失格である。

ところで楚も古い国で、夏《か》王朝のころに威勢を張った昆吾《こんご》氏は六人兄弟の長兄にあたり、末弟を季連《きれん》というが、かれが楚の始祖であるといわれる。昆吾氏は商王朝の創始者である湯《とう》王と戦い、敗北して、滅亡した。それゆえ古昔の影が落ちている宋と楚は真に和睦したことがない。さらにいえば、宋は周王室の配慮で建国をゆるされたが、中原《ちゆうげん》近くにいた楚は周の勢力によっていやおうなく南下させられた。はじめに楚を攻めたのは、おそらく武王の弟の周公旦《たん》である。周は呪術を否定する王朝であったので、呪術者は中原諸国にとどまることができず、夷狄荊蛮《いてきけいばん》の地にむかって四散した。南にむかった呪術者は楚の国に落ち着いた。楚の君主は祭祀を重視し、祭祀にかかわる者をおろそかにしなかった。それだけ楚は国体に古さがある。

楚軍はほとんど宋の邑を攻撃せず、ただ通ってゆく。

やがて晋軍が黄河の南岸にあらわれた。この援軍の帥将《すいしよう》は趙盾《ちようとん》である。商丘《しようきゆう》に晋の軍吏が到着した。

「棐林《ひりん》へゆくことになった」

と、文公は華元にいった。棐林は鄭と宋のあいだにあるが、かなり鄭の国都に近い。そこが諸侯の軍の集合地である。君主が軍を率いるようにという趙盾の要請である。

「鄭を攻めることになります。どうか楽呂も佐将に任命なされ、すみやかにお発《た》ちを――」

先年、鄭の穆公は晋の霊公に会見を拒否された。鄭の君臣はそれに慍怒《うんど》して、ひそかに

楚に通じた。いまや鄭が晋にそむいたことはあきらかなので、

「鄭を攻めれば、楚軍は陳と宋の攻略をやめて、鄭を救援しようとするであろう」

と、趙盾は考えた。棐林ときいただけで華元は趙盾の狙いがわかった。ただしこんどの諸侯会同は形式的なものではおわらない。諸侯の軍が鄭を攻めようとすれば、鄭へむかって移動中の楚軍は、それをはばもうとするにちがいない。楚軍の実力はまだわからないが、華元だけは、

——恐るべきである。

と、おもっている。しかし趙盾をはじめ連合軍の諸将は、新しい楚王は暗愚である、とおもいこんでいるのではないか。それが怖い。文公を佐《たす》ける司馬の蕩虺《とうき》はまだ大きな戦場を踏んだことがない。それゆえ軍事の経験の豊かな楽呂を付けておきたい。

「わかった。そういたす」

文公は蕩虺と楽呂を佐将に任命して出発した。その夕《よる》、

「愚見を申し上げてよろしいですか」

と、士仲が懸念を述べにきた。宋軍が商丘をでたことを知った楚王は、黙って遠望しているだけであろうか、と士仲はいう。

「楚軍はいまどこにいる」

「牛首《ぎゅうしゅ》のあたりから南下をはじめましたので、いちおう引き揚げるようにはみえます」

「用心のために、川の北を進むように楽呂にはいっておいた」

川とは睢水《すいすい》のことである。牛首は睢水からおよそ五十里はなれている。

「不安でならないのです」

陳を攻めた楚軍は宋に侵入してから攻撃らしきことをしていない。小魚には目もくれず大魚が網にかかるのを待っているというのが楚王の心情ではあるまいか。大魚がみえたとなれば、その魚にけどられぬように網をしかけるにちがいない。

「わたしが楚王であれば――」

楚の三軍から一軍を切り離すか、別働隊を編成して、睢水の沿岸にひそませ、楚王自身は主力軍を率いてゆっくりと南下をつづける。あるところで滞陣し、急襲を見守る。そういう策戦をえらぶ、と士仲はいった。

「なんじはたれよりも楚王のことを知っている」

華元は感心した。が、感心しているだけでは不安は去らない。この出陣は用心を欠いているわけではないが、睢水の北岸を進む者は、まさか川を渉《わた》って楚軍が攻めてくるはずがないと安心しているであろうから、不意を衝《つ》かれるということがありうる。

「よし、さらなる用心のために師を川の南岸に進ませよう」

翌朝、華元は司城の公孫師に五千人の師旅の編成をたのみ、昼すぎに出発してもらった。

おなじ日の夕方、楚の荘王は兵術にすぐれている蔿賈《いか》を帷幄《いあく》のなかにいれ、

「晋軍が渡河をおえて南下しているらしい。諸侯の軍をどこかに集めてから、陳と宋を救援にくる。さて、会同の地はどこであろうか」

と、問うた。蔿賈は一考もせずにこたえた。

「帥将の趙盾に戦う気がなければ、沙随《さずい》のあたりであり、戦う気があれば、棐林のあたりでしょう」

「戦意、ありや、なしや」

「ある、と存じます」

鄭が離心したのは晋の霊公の徳の薄さのせいであるが、趙盾の外交のまずさもその理由のひとつであり、鄭を失った責任を痛感している趙盾が、陳と宋を助けるとみせて鄭を攻めるのは、蔿賈のように用兵に長じている者にはみえすぎることであった。

「棐林が集合地であるとすれば、宋軍は商丘をでて、こちらにむかってくることになる」

「うわさによれば、宋君は名君のようです。君主の席に即《つ》いたのも、謀叛をふせいだのも、用心深さとかくれた策謀があったためです。それゆえ宋君は王を軽視せず、迂路をとって

棐林にむかうでしょう」

兵術の根底には人の洞察力があるといってさしつかえないであろう。応変の才もおなじところに根ざしているといえよう。蔿賈はすらすらとこたえた。

「迂路とは、睢水の北ということだな」

「さようです」

「では、一軍を北上させてみるか」

「うけたまわりました」

「待て、なんじは鄭を援《たす》けよ。宋軍をたたくのは椒《しょう》にやらせる」

と、荘王はいった。宋軍を急襲するのはさほどむずかしいことではない。それにひきかえ連合軍の攻撃から鄭を掩護《えんご》するのは困難をともなう。椒とは、司馬の闘椒のことで、あざなを子越《しえつ》という。猛将であるが、傲岸《ごうがん》であるがゆえに、外交がからむような場へは遣《や》りにくく、王としてはつかいにくい男である。

荘王は子越を帷幄のなかに招きいれた。

「宋軍が商丘をでた。なんじは軍を率いて宋軍を伐て」

「うけたまわりました」

蔿賈とおなじようにこたえたが、この男の声には澄みがない。なにしろ子越は生まれた

さっとしりぞけばすがすがしさが生ずるというのに、立つけはいをみせず、
ときに、狼の声のようだ、といわれた。容貌にも獰猛《どうもう》さがある。ここでも、そうこたえて
「宋軍の兵力は、どれほどですか」
と、荘王に問うた。臣下は君主に問うものではない。子越は楚の名門の若敖氏《じゃくごう》に生まれ、
家格の高さは特別であり、そのため子越の意識のなかには、若敖氏のおかげで楚王室が安
定を得ているというおもいがあるので、荘王に礼容をしめしたことがない。荘王は子越の
不遜をにがく感じながらも怒りをおもてにださず、
「一万であろう」
と、いった。
「一万ですか。ならばわたしは、五千の兵をたまわりたい」
荘王はさきほど、軍、といった。一万以上の兵団が軍であり、五千は師である。宋軍に
ひとしい兵力を率いてゆけ、と荘王は命じたのに、子越はそれではおもしろみがないとお
もい、敵の半分の兵力で挑もうとする。子越はつねに自分本位であり、立場をかえてもの
を観るということが死ぬまでできぬ男であろう。
——かってにせよ。
荘王はそう怒鳴るかわりに横をむいた。

五千の兵を率いた子越は猛然と北上を開始した。その速さは驚異的である。

官界では不器用といえる男であるが、戦場ではその不器用さはめだたない。かれは蔿賈ほど用兵の才にめぐまれていないが、渾身《こんしん》の力を兵におよぼす魅力をそなえているので、この兵団にはすさまじい破壊力と底力がある。

急襲で効果が大きいのは、敵軍のうしろを襲うやりかたで、つぎが側面を衝《つ》くものである。

——宋軍のうしろにまわってやれ。

と、子越は考えたのであるから、こういう知恵をほかの場裡《じょうり》で活かせないのが、ふしぎなほどである。

たため、
宋軍の位置をたしかめた偵騎がもどってきた。宋軍は川の北にいる、と出発前から信じ
——やはり、そうか。

と、子越は偵騎の報告に満足した。それゆえ、一日半遅れて商丘を発した宋の師旅の存在をみおとした。この睢水の南岸を西進する兵団の兵力も五千であり、将の公孫師は旗鼓《きこ》の才が欠如した男ではないが、子越に率いられた兵が常識では考えられぬほどの速さで北上したため、かれもまた敵兵の接近に気づかなかった。

別働隊といってよいこのふたつの兵団が、早朝、衝突することになった。公孫師と子越は、突然地中から湧きでたような敵兵をみて、

——何だ、あの兵は。

と、同時に怪しみ、おどろいた。しかしながら旒旗《りゅうき》をみればどこの国の兵であるのかは瞭然たるものである。林立した白旗をにらんだ子越は、

「蹴散らせ」

と、配下の兵に号令した。この間、心の動揺がおさまらない公孫師は、布陣に専念した。しかしながら楚兵の動きが速く、布陣が完了しないうちに、先陣が戦闘にはいった。このときようやく、目前の楚の兵団が、文公のいる宋軍を奇襲する部隊であることに公孫師は

気づき、

「わが君にお報せせよ」

と、近臣を駛《はし》らせた。まもなく宋の先陣が大破された。すかさず公孫師は中堅に保存してある兵車集団を旋回させて敵の左翼を破ろうとしたが、こちらの右翼は重圧に苦しむように鈍い動きをするばかりで、投入した兵車集団は敵に肉迫するどころか、右翼を支えるのがせいいっぱいである。

すでに楚の長兵は宋の短兵を押しはじめている。ゆとりをもって戦場をながめていた子越は、

「宋兵の弱さよ」

と、哂笑《しんしょう》するや、突撃するぞ、と大声でいい、鼓を打ち、突撃の合図である旒を樹《た》てさせた。にわかに天から落ちてきた風が、地を掻き、砂塵を炎のように立ち昇らせた。一瞬、天が翳《かげ》った。つぎに濛々《もうもう》たる砂の煙のなかから子越の兵車が飛びだした。あとにつづく兵車が翼を形成した。鵬《おおとり》の形をなした兵車がゆるやかに旋回して、宋の左翼に襲いかかり、またたくまに伍列を食いちぎり、厚みをうしなった中堅に嘴《くちばし》を刺した。

宋の陣は左翼が潰滅《かいめつ》し、中堅が割れた。

公孫師の兵車は烈風に吹きとばされたように大きく退いた。同時に宋兵は潰走をはじめ

た。かれらが北へ奔《はし》ったことで被害がいっそう大きくなった。北には睢水がながれている。宋兵はその川を越えて対岸にのがれようとした。しかし楚兵の追撃が急で、宋兵の大半は川を越えるまえに、戦死したり捕獲されたりした。このときの楚の戦利は、

「兵車五百乗」

であったと史書に簡略に記されている。が、楚は兵車だけを得たわけではない。

かろうじて死地を脱した公孫師は、あえぎつつ商丘に帰ってきた。華元のまえでからだをくずしたかれは、頭をあげることができず、

「民を多数殺してしまった」

と、悔恥《かいち》をかくさず、君がお帰りになるまえに自決するつもりである、とさえいった。公孫師を譴《せ》める気のない華元は、

「公孫どのが君の楯になったのです。この楯がなければ、楚の飛矢は君の身にとどいていましょう。君を護った公孫どのが、なにゆえ死なねばならぬのか。出師をうながしたのはわたしであり、公孫どのが死をたまわるのなら、わたしも死なねばならぬ。おなじ死ぬのなら、黄泉まで、道連れがあったほうが楽しいというものです」

と、さとし、なぐさめて、自決をおもいとどまらせた。

このあと華元は旅《りょ》（五百人の兵）をだして、重傷で動けない兵をさがさせ、収容させた。

子越配下の楚兵は睢水を渉ることをあきらめて南方へ去ったようである。

「士仲よ、なんじはわが君のおいのちを救った。褒賞をあたえたいが、戦死者が多くでたいま、それはできぬ。わかってくれようか」

士仲は恐縮してみせた。

「主がなさったことこそ褒賞にふさわしいと存じます。が、主が民を悼惜《とうせき》なさって、それをひかえられるように、君も主を賞すことはなさらぬでしょう」

「なんじは賢いな……」

と、華元は微笑してみせた。そこにあったのは幽《ほの》かな哀愁であり、それが士仲の胸にしみこんだとき、澄んだ明るさをもった。

——この人が死ぬときも、こんな感じなのであろう。

と、ふと士仲はおもった。こんな感じというものを正確に表現するのはむずかしいが、華元自身は迫ってくる死をすこし哀しむものの、大いに哀しむことはなく、死を明るく迎えることになるともいえるし、華元の死を知った人々がそういう心情になるともいえる。とにかく士仲がつぎに強く感じたことは、

——めずらしくも良き主である。

ということであり、功を誇ることにつねに照れがある士仲にとって、これほどふさわし

い主はいないということであった。華元も士仲も歴史のかたすみを淡くかすめてゆく者にすぎないであろう。歴史を正面にまわすと、おのれに嘘をつかねばならぬときがくる。が、華元に従っているかぎり、そういう苦しみに遭遇することはあるまい。自分の生涯はそれでよい、と士仲はおもった。

文公と宋軍はぶじに棐林に着いた。

羊の章

この年、驍名《ぎょうめい》を挙げたのは楚《そ》将の蔿賈《いか》であった。

晋《しん》のよびかけに応じて宋《そう》、陳《ちん》、衛《えい》、曹《そう》の軍が棐林《ひりん》に集合するころ、楚の荘《そう》王から一軍をまかされた蔿賈は鄭《てい》に入場して、連合軍の動向を静かに見守った。

棐林にしばらくいた連合軍が西北にすすんだことを知るや、蔿賈はすばやく鄭城をでて、北林《ほくりん》に兵を伏せた。晋軍の帥将《すいしょう》である趙盾《ちょうとん》は、楚軍は鄭城内からでず、防衛に徹する、とおもいこんでいたため、前途への用心をおこたり、楚軍の電掣《でんせい》というべき動きを感知することができなかった。相手が悪かったというべきかもしれない。蔿賈がもうすこし長生きしたら、かならず春秋時代の名将のひとりとして挙げられたはずである。惜しいことに、かれは内訌《ないこう》の渦中の人となり、子越《しえつ》（闘椒《とうしょう》）に幽閉されて殺されることになる。

北林で待ち伏せしていた蔿賈は、近づいてくる晋軍があまりに不用心なので、

「行楽にきたようなのどかさよ」

と、一笑し、林間で晋軍を痛撃した。ここではじめて趙盾は荘王の非凡さと楚将の優秀さを実感した。晋軍が撃破されるのをみた趙盾は、北林をでたものの、敗兵をまとめて再戦をいどむことをあきらめ、諸侯の兵に解散を命じて、自身は晋へ引き揚げた。

ただし趙盾はよほどくやしかったのか、解散を命じたあと、宋の文公にだけ、

「冬に、鄭を攻めます。力を貸していただきたい」

と、声をかけた。帰途についた文公は楽呂《がくりよ》と蕩虺《とうき》に、

「わしははじめて趙氏の偉さがわかったよ」

と、いった。帰国した楽呂はすぐに華元を訪ねてその話をした。

「たしかに趙氏は兵術に長じていない。が、将の良否は、進むときにではなく退くときにあきらかになる。楚軍に敗れたあとの趙氏の挙止にうろたえがなかったので、わが君が称《ほ》めたとわしは解したが、華卿はどうおもわれる」

楽呂は老練である。さすがによく観ていたといわねばならない。華元は大きくうなずき、

「わが国は戦場においても礼を守る。先君の襄公は、泓《おう》の戦いにおいて、礼を守り、楚軍に敗れた。が、そのことが恥辱になったのか。勝つことが正義であると勘ちがいしている者は襄公の戦いかたを拙劣であると哂《わら》ったが、敗戦にも正義はあると観照する者は、礼を

尊ぶ宋人《ひと》の本質を知ったはずです。また、襄公に勝った楚の成王は、のちに太子に殺された。それをおもえば、北林において奇襲をおこなった楚将の蔿《い》氏の未来は明るくない。勝とうとしすぎるからです。それにひきかえ晋の趙氏は奇襲をなじらず、敗退を諸侯の軍におよぼさず、敗戦の責任を一身にとどめた。みごとなものではありませんか」

と、目前に趙盾がすわっているかのように絶賛した。

「そうか。趙氏が兵術に長じないわけは、礼に遵《したが》うせいか。だが、その礼によってけっきょくは勝つ」

楽呂は愉快そうに笑った。華元も愉しそうである。帰還した文公が公孫師《こうそんし》をまっさきにねぎらってくれたからである。

――これでわたしも死なずにすむ。

そうおもった華元は、冬に鄭を攻めるといった趙盾の軍を補翼する宋軍の将に公孫師を推挙した。わずかに考えた文公は、

「晋軍の将が正卿であれば、わが国の帥将も正卿にするのが礼であろう」

と、いった。それゆえ冬の出陣は、将が華元、佐将が公孫師ということになった。

兵車のことは革車《かくしゃ》とよばれるように、車体は革でおおわれる。

華元の兵車は白い革がもちいられ、車体を牽《ひ》く馬も白馬がえらばれる。さらに甲《よろい》も白である。車上にひるがえるのは白旗であるとなれば、まさに白ずくめで、黒い大地のうえをすすむ華元の兵車は独特の美しさをもっている。

宋人は白を嗜《この》むので、兵車や甲に白い革をもちいるのは華元ばかりではない。兵車に乗る甲兵の多くは白色で武装しているといってよい。

一万の宋軍が大平原をすすむ景観は壮麗である。

野は枯れ色で、寒風のむこうに、絳《あか》い旗が林立していた。それが三万の晋軍であった。

「よく、きてくだされた」

趙盾は軍門に華元を出迎えた。はじめからうちとけた感じで、会同で接する趙盾とははだいぶちがう。この日、ふたりは懐蔵《かいぞう》なく話しあった。

趙盾は華元を誤解していたことにすぐに気づいた。

——この卿の思想には厭戦《えんせん》がある。

華元から武威を感じていた趙盾は、その感じとは対極のところにいるのが真の華元であることを知った。趙盾は徳義を重んじてきたものの、政治的、あるいは倫理的に、すじを通そうとするあまり、敵対する者を凶悪とみなして、ときには機先を制するかたちで敵対者を伐ち、滅ぼした。ところが華元の考えのなかには、機先を制することはほんとうの勝ちにつながらない、という奇想があることにおどろかされた。最近、趙盾は過去の政争をふりかえり、悔恨をもった。道理をつらぬこうとするあまり無理を通すことになったことについてである。個人の倫理を政治にもちこむと善政にならないというふしぎさに気づいたともいえる。

——神色自若《しんしょくじじゃく》でありたい。

嫌われても憎まれても、平然とありたい。そういう心境になってきた趙盾は、華元という宋の執政が保身については鈍い意識しかもっておらず、争いを好まず、たとえ争いが生じても先立って勝ちをつかみにゆかず、むしろ負けることによって真の勝ちを得ようとする精神のしくみをもっていることにおどろくとともに感心した。めずらしい男だ、というより、

——うらやましい男だ。

と、趙盾はおもった。自分より十歳ほど下の華元がすでに老熟した心に達している。

「商は周に負けたのです。それがすべてです」

と、華元はしみじみといった。

「いちどすべてを失ったという過去が、宋人を謙虚にさせ、妄想を視させないというわけか。それにひきかえ、わが晋は、勝った周の王族から発し、勝ちにこだわりつづけ、驕気《きょうき》

のかたまりとなってしまい、反省を忘れている」

趙盾の口調には実感がある。語気に窶《やつ》れがあるわけではないが、精気を感じさせない話しかたであった。

――ずいぶん苦しんでいるのではないか。

わずかに華元は眉をひそめた。趙盾の苦悩のわけにこころあたりがある。晋の霊公《れいこう》との嫌隙《けんげき》のはなはだしさは、風評となって華元の耳にとどいている。

実際は、霊公と趙盾が嫌いあっているのではなく、一方的に霊公が趙盾を嫌っているのである。やりきれないとはこのことであろう。先君の襄公が逝去したとき、霊公はまだ幼少であったので、国事多難のおりでもあるので、襄公の庶弟を立てることで重臣の意見は一致した。それを知った襄公夫人は、幼い霊公を抱いて朝廷にあらわれ、

――太子でありながら国君に立てぬとは、わが子にどんな罪があるというのです。

と、血を吐かんばかりに訴え、さらに趙盾邸の門をたたき、太子を立てるという先君とのお約束を棄てられたのは、なぜでございますか、と泣きながらなじった。すでに襄公の庶弟を迎える準備がととのった段階で、趙盾は公室の血胤の正統を重視して、霊公を擁し、この相続に反対する者を力で排除した。そうまでして即位させた霊公が成長すると暴君であった。すじを通した結果がこれであった。群臣に害をくだす君主をみるたびに胸を痛め、

しばしば諫言を呈した。そのつど霊公は、わしが悪かった、今後改めるであろう、といったが、趙盾への憎悪を濃厚にするばかりであった。

——もはやわしの諫言は、蛙にかける水のようなものだ。

霊公を改悟させる方途はみあたらない。趙盾は荒寥《こうりよう》たる冬の野に凝立《ぎようりつ》しているような自分をあわれんだ。こういうとき、華元と会い、話をしたことは、かれの心をなごませた。

華元はすこし目に力をこめた。

「晋の文公は、乱につけこまず、利をむさぼらず、苦境にあっても人を詿誤《かいご》せず、正しい道が啓《ひら》けるまで、争権から遠ざかっておられた。ご尊父の趙成子《ちようせいし》（趙衰《ちようし》）は、流亡する文公に十九年間も随行なさった。たしかに異邦の風雪はきびしかったでしょう。が、いま晋に吹いている寒風とくらべて、どちらがきびしいでしょうか。卿よ、晋の文公が宋に立ち寄られたおりに、わが先君の襄公がさまよう主従を礼遇なさったことをお忘れなきよう。宋は、礼を尊ぶ国です。わが君は礼義を守る人をいつでも喜んでお迎えするでありましょう」

晋には王姫《おうき》のような人はいないようである。宰相である趙盾が霊公の悪政を匡《ただ》せないとなれば、霊公の恣楽《しらく》はますますはげしくなり、うるさい存在である趙盾を消したくなるであろう。趙盾の精神には、君主を弑《しい》するといった奸悪な影は宿っていないので、けっきょく霊公の迫害を避け、出国することになるのではないか。

——逃げるが勝ちである。

華元は趙盾にそういったつもりである。趙盾が亡命先にどの国をえらぶのかはわからないが、宋はいつでもこの苦悩する宰相をうけいれるであろう。

「父には文公がいた。が、わしには——」

と、いってことばを切った趙盾は、急に笑貌をみせて、

「華氏を知って、よかった。父にあったものがわしにはないが、父になかったものがわしにあることに気づいたよ」

と、語気に明るさをよみがえらせた。


晋軍と宋軍は鄭に侵入した。

が、この進攻は執拗ではなく、軍が北林に達すると、

「これで充分です」

と、趙盾はいい、馬首を返した。自分が敗れた戦場をあらたな兵に踏ませ、祓除《ふつじょ》をおこなったといってよい。呪術的《じゆじゆつ》な行為には、華元は鋭敏である。

祓除といえば、宋軍の佐将である公孫師も、鄭を侵して引き揚げたことで、名誉を回復

した。公孫師は凡庸な男ではないが、強烈な個性をもっておらず、良識のうちにとどまることをこころがけており、この場合、さきの敗戦による汚辱をぬぐいさることができたのは華元の配慮のおかげであると考え、帰国するとただちに華元に謝辞を呈した。

――公孫師は大過なく職務を遂行するであろう。

そういうことはおのずとわかるものである。

華元の復命によって、この年は終わったといえる。趙盾の苦難を予感して帰ってきた華元であったが、じつは大きな苦難にさきに遭遇しなければならないのは華元自身であった。かれが帰国したころ、鄭の使者が楚の首都に到着して、晋と宋の連合軍に侵寇《しんこう》されたことを荘王に報告した。無表情にそれをききおえた荘王は、

「晋を翼《たす》けたのが宋であれば、鄭はわが国を翼けねばなるまい。国君や太子ではなく、卿につたえよ。春のうちに、宋都を攻めよ、と」

と、きびしい口調でいった。

使者は顔色をうしなって頓首《とんしゅ》した。楚軍が鄭を援《たす》けてくれるものだとおもいこんでいた。しかしながら荘王はそれほど甘くなく、楚に帰服した鄭が、荘王の命令を遵奉《じゅんぽう》することができるか、みきわめようとしている。奇妙なのは、鄭の君主と太子にではなく、卿に宋を攻めさせようとしたことである。

この使者が復命したとき、とうに年があらたまっていた。

莊王の命令をきいた鄭の穆《ぼく》公は複雑な表情を卿の子家《しか》（公子帰生《こうしきせい》）にむけた。子家はさっと胸が寒くなり、頭髪が白くなったような気がした。

——楚王はわしを殺そうとしている。

ありありとわかるのである。子家はことごとく太子の夷《い》に反目している。太子は楚で人質生活をおくったことがあり、その生活は惨悴《さんすい》にみちたものではなく、むしろ王室の好意にくるまれた。そういう太子の体験が楚への親昵《しんじつ》をうしなわせず、国の顔を楚へむけさせたといえる。莊王は太子の真情を察知した。と同時に、太子と不和の子家を首鼠両端《しゅそりょうたん》の奸臣とみなした。いまのうちこの執政を除いておいてやろう、と莊王が考えたとしたら、それは太子への厚情といえるであろう。

君主も太子も出陣せず、楚軍の援助もない戦いをしなければならないと知った子家は、なかば死を覚悟した。莊王ははっきりと宋都を攻めよといった。国境を侵しただけでは帰ってくるわけにはいかない。

一月末に子家は鄭の師旅を率いて出発した。

「鄭師、西辺を侵す」

という報が、華元のもとにとどいたのは、二月四日である。翌日、第二報と第三報とがはいり、鄭将が子家であると判明した。

「正卿が帥将であれば、こちらも正卿が征《ゆ》かねば、非礼になります」

と、華元はゆとりをもって文公に言上した。子家が率いているのは師旅であり軍ではない。同等の兵力で邀撃《ようげき》するのも礼のうちである。子家が大兵を従えてこなかったのは、宋を攻めたくて攻めるわけではないと暗示するためであり、小規模な戦闘をおこなって引くつもりであろう、と華元は予見した。したがって、死力をつくすような戦いにならないので、ご患憂《かんゆう》にはおよばない、と文公にいった。

が、文公は愁色を保ったまま、

「万一、なんじを喪《うしな》うようなことになれば、わしは眊眩《ぼうげん》し、聴政は紊乱《ぶんらん》する。なんじの出陣をとめはせぬが、兵の数をふやしてもらいたい」

と、深刻な口調でいった。このときの文公は不吉を感じ、悸々《きき》としていた。

華元は当惑した。いつもの文公とはちがう。

「仰せではありますが……」

と、楽観をかかげて、君主の排悶《はいもん》をこころみた。文公がなかなか愁眉をひらかぬので、ついに華元は、宋人は軍事でも礼を守るべきです、と強い声を放った。

「やむをえぬ」

と、文公は華元の言を容《い》れて鄭師に等しい兵力をあたえることにした。が、実際は、司馬に兵をえらばせ、強兵をそろえた。

「わしが佐将よ」

という楽呂の顔をみた瞬間、華元は文公の厚意をあらためて痛感した。

「こうなると、勝ちかたがむずかしい」

と、華元は微妙なことをいった。

「鄭師を潰滅させると、楚王を恚《いか》らせ、起《た》たせることになるということか」

「いや、いずれ楚軍は本気になってわが国を攻める。こちらも必死に防衛する。そのまえに必死に鄭師と戦うのは国力の浪費だ。敵将の子家もおなじことを考えておろう」

「右師に箴誡《しんかい》を述べたくはないが、どのような戦いにも生死がある。戦場にある生死に手心をくわえることはできない。戦場では、ほどよく生きることも、ほどよく死ぬこともできぬ。死が厳粛であれば、生も厳粛である。戦場とは、そういうところだ」

楽呂にそういわれて、華元ははっと容《かたち》をあらためた。

「こころえちがいをしていた。よくぞさとしてくだされた」

華元はほんとうに愧赧《きたん》した。執政になってからこれといった跼頓《きょくとん》を経験していない華元は、ものごとを処理する腰の位置をすこし高くしたことを自覚していなかった。慎重さを欠いた自分があったことを愧《は》じた。華元をつねに好意の目でみてきた楽呂は、ちかごろの華元が政治巧者になりすぎていることを感じ、華元の失敗を喜ぶ側にいないだけに、あやうさをおぼえた。出師《すいし》のまえに楽観にくるまれている華元をみて、さらに強い危惧《きぐ》をいだいたので、ついそういう警発の言を吐いた。それをきいた華元は素直に反省した。

——ここが、この男のよいところだ。

楽呂はかれなりの年徳があり、人への好悪はべつにして、その年徳の目が人の風致をえりわける。

——わたしは大切な民を君からおあずかりして征くのだ。

自覚をあらたにした華元は、出発直前に、自家の廟室で出師を告げた。

華元は城門に敬礼して、商丘をでた。

鄭師はまっすぐ東進してくるようである。

「どういうつもりか」

戦いをよく知っているはずの楽呂が首をかしげたのも、もっともである。鄭師は万に満たない兵力でありながら、敵の目を眩惑するような進路をとらず、ひたすら直進している。策がなさすぎるといえなくもない。

「まさか、あの兵力で、商丘を攻めるつもりではあるまいに。子家はわからぬことをする」

と、楽呂はあわれむようにいった。

「まもなく鄭師は圉《ぎょ》の近くにさしかかろう。進路を変えなければ、巣《そう》か大棘《たいきょく》で、わが師にぶつかることになる」

華元のいった圉、巣、大棘は邑の名である。宋師が巣の近くに布陣すれば、鄭師はけっして攻撃してこない。なぜなら鄭師は大棘を南にみて巣に近づくことになり、北に巣、東に宋師という不利な地にはいるような愚をおかすはずがない。宋師が大棘付近に布陣した場合は、大棘から出撃するかもしれない宋兵を抑える工夫さえすれば、鄭師は退路をふさがれるという心配をせずに戦闘にはいることができる。そう考えた華元は、

「大棘にむかおう」

と、いった。が、楽呂はすぐに返答をせず、一考してから、

「いちど師旅を南にさげて、邑が近くにないところで決戦するとみせ、それから鄭師を誘いつつ大棘に近づいたほうがよい。あのあたりには傾斜があり、北に立って南をみれば、敵陣をみおろすことになる」

と、戦いの巧者らしいことをいった。

——自分の師旅の強さを過信せぬのは、さすがだ。

と、感心した華元は、楽呂の進言を容れた。それゆえ宋師は西南に方向を変えてすすみ、泓水《おうすい》にさしかかった。宋襄《そうじょう》の仁《じん》で有名になった川である。この川をはさんで楚軍と対峙《たいじ》した襄公は、川を渉《わた》りおえた楚軍を邀撃して大敗した。

——川を渉っておかないと不吉だ。

と、考えた華元は、兵に休息をあたえず、渡渉《としょう》を敢行した。これについては楽呂も異見をさしはさまなかった。泓水の西岸で露営した宋師は、早朝に西進したが、その速度を極端に落とした。鄭師が近いとみたからである。翌日、鄭師の位置がわかった。一舎（三十里）の距離にいる。

「魚を釣るようなものだ。あわてると釣り落とす」

と、楽呂はゆったりとかまえた。

——たいしたものだ。

悠々たる態度の楽呂をみて華元は感動した。戦場には独特の呼吸がある。天地が呼吸し、山野が呼吸していることに、急に気づく。むろん兵も呼吸している。敵兵が接近してくるとそれらの呼吸が変わるような感じがする。ところが楽呂の呼吸は変わらない。

——肚《はら》で戦場を瞰《み》ている。

と、いってよいであろう。敵将の子家は老獪《ろうかい》といってよい男であるが、驍名は高くない。戦場での駆け引きに奇想をもちこまない将であると華元はみている。それだけに、楽呂のゆさぶりに応急の手当をすることができまいとおもわれる。

出発まえに楽呂にいましめられたので、楽観はしていないが、どう考えてもこの戦いは宋師が勝つ。華元は楽呂をみならって腰をすえて、鄭師の接近を待った。

雲のながれがはやい。二月の空にしては澄んでいる。

偵騎が急行してきた。動きのよくなった鄭師がこちらに直進しているという。すばやく兵車に乗った華元は、

「北へ——」

と、御者に命じた。御者は華元の家臣ではなく、羊斟《ようしん》という士である。宋国内では多少名を知られた男で、御《ぎょ》の腕はたしかであるが、はればれとした表情をしたことがなく、面貌からうける感じは陰気である。

宋師は北上しはじめた。この行動は退却に似ており、宋師の後尾が鄭師につかまえられると、大敗のきっかけになる危険をふくんでいる。鄭師は宋師を猛追した。鄭師の所在に気づいてあわてて決戦を避けたような宋師の拙劣な後退をみた子家は、しめた、とおもったにちがいない。一戦もせずに追撃のかたちを得たかぎり、この好機を活かさぬ手はない。が、宋師は逃げきった。気がついてみれば宋師は大棘に近い高地に布陣し、鄭師は敵にみくだされている。

——しまった。

と、子家は臍《ほぞ》をかんだが、引くに引けないところにきたという自覚が、かれを身動きさせなかった。引けば、高所から宋師が襲いかかってくるであろう。

——明日は、死に物狂いで戦うしかない。

危地にまんまと追いこまれた自分を悔い、なかば死を覚悟した。

鄭師の陣をみおろしていた華元は、二、三度うなずいてから、みずから楽呂のもとに足をはこんだ。

「このたびは、感服した」

賛辞を呈せずにはいられない。

楽呂はすこし表情をやわらげた。

「まだ、勝ったわけではない。明朝は、わしが先陣を指揮しよう」

「極戦にはなるまいとおもうが、ぞんぶんになされよ」

そういいおいて営所にもどった華元は、近くにいる士仲《しちゅう》に、

「こちらはすでに優位に立っている。不利をさとった敵は、夜中に後退しないであろうか」

と、問うた。唯一の懸念はそれである。思慮深い士仲が敵をどうみているかをきいておきたい。

「ここまでの鄭師の動きかたをみれば、駆け引きがありませんから、地の利を失っても、退却しないと存じます。が、念のため、偵諜《ていちょう》を放っておきます。もしも夜中に鄭師が後退すれば、自滅するようなものです」

すきのない分析と手当である。

——わたしも、そうおもう。

と、華元は心のなかで破顔した。士仲がどういうことをいうか、たしかに華元はそれをききたかったにちがいないが、じつはもっと知りたかったのは、士仲の語気や表情に不吉さがないか、ということをである。士仲が良識をもっているから、かれのいうことはつねに正しい、などと戦場では考えてはならない。戦場は良識の場ではないからである。

——鄭師は敵前逃亡をせず、明日の戦いでは、わが師旅は負けようがない。

士仲から強直《きょうちょく》なものを感じとった華元は、懸念をきれいにはらった。

「戦いは一日で終わる。よけいな糧食《りょうしょく》は腹におさめてしまうにかぎる。士に羊をふるまってやれ」

士は甲兵といいかえてもよい。かれらの夕食に羊の肉を頒《わ》けあたえることにした華元は、そうとうなゆとりをもったということである。戦勝の前祝いというにおいさえする。

甲兵の歓声を耳にするころになって、華元はあわてて士仲を呼び、

「わたしの御者の羊斟には、食わすな」

と、むずかしい顔で命じた。羊という氏姓をもった者が、羊の肉を食べる、ということに不吉さを感じた。華元の感覚は繊細なのである。羊を食べさせるつもりが、羊に食べられるのはよくない。肉には神霊が宿るという宗教的意味あいにおいて、羊斟だけがその霊

力をさまたげるのではないか、と華元の脳裡にひらめいたのかもしれない。
そのため羊斟だけが、羊料理にありつけなかった。
翌日は二月十日であり、その日は華元にとって大凶となる。

偵諜《ていちょう》を放って、夜中、鄭《てい》師を見張っていた士仲《しちゅう》は、ほとんど睡眠をとらずに黎明《れいめい》を迎えようとしていた。

鄭師は動かなかった。微動だにしなかったといってよい。

こうなると夜明けとともに戦闘がはじまることになる。ここまで秘策らしきものをまったくにおわせなかった鄭師が、どのように戦うか、それは見当がつく。宋《そう》師と押しくらべをするだけであろう。宋師は強兵をそろえており、しかも高所に布陣しているのであるから、鄭師に力負けするはずがない。

——主は良い戦果をもって帰還することができそうだ。

と、士仲はほっとしている。

出発前に家宰《かさい》から、

「主のことは、頼んだぞ」

と、いわれている。家宰が華元《かげん》とともに出陣することはめったにない。戦場において士仲は家宰のかわりに華元を佐《たす》け護《まも》る重任をになっている。

みあげると、まだ天空の星の光は衰えていない。

華元が起きた。それに気づいた士仲は趨走《すうそう》して報告した。機嫌よくうなずいた華元は、

――士仲はねむっていない。

と、わかったので、

「戦いは昼までに決着がつく。不覚をとるな。朝食は、いつもよりすくなくとれ」

と、いった。睡眠不足の者が腹を満たしてしまうと、惰気《だき》に襲われやすい。戦場での気のゆるみは、死につながる。この愛すべき才能を喪《うしな》いたくない華元は、あえて厳しくいった。

「そういたします」

一礼してしりぞいた士仲は、食事をおえたあとも、敵陣から目をそらさなかった。あたりの灌木《かんぼく》から闇がはがれ落ちた。大気が朝の青さに染まった。林立する白旗も青く、かなたの赤旗は青黒くみえた。

しばらくすると奇妙な不安に襲われた。

老練な楽呂《がくりょ》の兵術によって、宋師は圧倒的な有利さを戦うまえに獲得した。良将とはそうすべき者であることはわかるが、鄭の将兵にすれば、追いつめられた獣にひとしく、迫ってくる捕獲者の急所を嚙み切ることしかおもわなくなっているのではないか。

宋師はわざと弱い部分をみせておき、そこを鄭師に突破させて、逃げ去るゆとりをあたえたほうが、かえって宋師の戦果は大きくなろう、などと士仲が考えはじめたのは、敵陣からただならぬ兵気が立ち昇りはじめたように感じられたからである。

ほどなく宋の一隊が挑戦の辞をたずさえて出発した。戦闘をはじめるまえの礼である。無言で開戦におよぶことは非礼とされている。

士仲は兵車に乗った。

まだ日は昇っていないが、天の色はよみがえりつつある。

宋師の白旗が朝の風にいっせいにゆれた。

眼下で小さな戦闘がはじまるまで、独特な静黙がある。小さな戦闘というのは、挑戦の隊にむかって鄭師の小隊が攻撃をはじめたことによる戦闘である。それが挑戦をうけたことをあらわしている。

鄭師のほうがさきに動いた。遠い太鼓を士仲の耳はさきにとらえた。すぐに近い太鼓が鳴った。

日が昇った。

長兵の激闘がつづいている。

――おもいのほか鄭師はてごわいな。

と、華元がおもっていると、双方の兵車が動いた。このときから戦場は拡大する。

「前進せよ」

おもむろに華元は中堅を動かした。

乱戦になっているところもあるが、楽呂に近いところにいる兵は奮闘し、押しあいに勝って、鄭師の陣形にゆがみを生じさせた。日が高くなるにつれて敵陣の厚薄《こうはく》がはっきりしてきた。薄くなった陣を掩護《えんご》する兵が鄭師にはいないとみた華元は、

――あそこを突けば、鄭師は潰乱《かいらん》する。

と、確信し、温存してある兵車の集団を率いて、みずから突進することにした。

「ゆくぞ。突撃する」

と、御者の羊斟《ようしん》に命じた。すると羊斟は、

「突撃のまえには、祈らねばなりません。いちど車からおりて、祈ります」

と、車右《しゃゆう》を肱《ひじ》で押した。車右はうなずき、さきに車からおりた。それをみた羊斟ははな

そうとした手綱をつかみなおし、兵車を急発進させた。

「どうした」

と、問うまもなく、華元は車中に仆《たお》れた。あっというまに兵車はなだらかな傾斜をもつ灌木の林のなかに突入し、飛ぶがごとき速さをたもって敵陣へ驀進《ばくしん》した。

車中にある手すりには軾《しょく》と較《かく》とがあるが、車の前の横木が軾であり、両側にあるものが較である。この較に頭をぶつけた華元は、しばらく巨体を車中に横たえていた。が、からだが浮くような感じにおどろき、身を起こし、較をつかんで、

「馬をとめよ」

と、いった。しかし羊斟は華元のほうに顔をむけず、

「疇昔《ちゅうせき》の羊《ひつじ》は、子《し》が政《まつりごと》を為《な》せり。今日の事は、我《われ》が政を為さん」

と、こたえた。

疇昔とは、前日をいう。つまり、昨夕、羊の肉を食べさせてもらえなかったのは、あなたの指図のせいです、今日は、わたしが指図します、と羊斟は怨みをこめていったのである。

――疇昔の羊……。

馬が暴走したのだとおもった華元は、この狂気じみた疾走が羊斟の感情の表現であるこ

とをはじめて知った。ひとりだけ羊の肉を口のなかにいれることができなかったという些細なことが、羊斟にとっては戦いよりも重大なことであった、と華元はようやくさとった。

——あれには、わけがあった。

と、いまさらいってても、羊斟はきく耳をもたぬであろう。が、華元も風変わりな男で、

——この者は、わたしをどうするつもりか。

ということに興味をいだいた。羊斟が豪語した政のゆくすえはどういうことになるのか。車中にはふたりしかいない。ひとりが主となれば、のこりは従となる。羊斟は今日は自分が主となるといったのであるから、当然華元が従となる。怨みをあたえた者は相手に怨みを晴らさせるのが、礼であろう。華元は怨むという感情を深くは知らぬだけに、いちど人を怨んでみたいとおもい、剣には手をかけず、手綱も奪わず、羊斟という奇人をしげしげとながめた。

中国戦史上、これほど珍奇な事件はない。

戦場で士官が元帥を拉致《らっち》して敵の本陣にとどけたのである。

兵車は白ずくめであり、たれがみても宋師の将のものである。異《い》なことに、この兵車は、はぐれた白狐のように単独で疾走して、宋の陣をとびだすや鄭の陣につっこんだ。

「見参、見参、道をあけよ」

と、羊斟は叫びつづけ、前途の兵を跳びすさらせた。口をあけて呆然と目をあげた鄭兵のまえをすさまじい速さで通過した兵車には、車右がおらず、較《かく》をつかんでいる白い甲《よろい》の貴人は矢を放たない。この戦闘しない兵車は、もしかすると、鄭の将と和睦の交渉をおこなうために、本陣にいそいでいるのではないか。劣勢のなかで苦しんでいる鄭兵は、宋側から戦闘停止を申し込んでくれたら、死傷せずにすむ、と白い兵車をみてほっとしたかもしれない。

想像を絶する行動は、想像を絶する事態を生じさせる。密集していた鄭兵も、独走してくる白い兵車を目撃して、左右にわかれた。きれいに道がひらき、この兵車は鄭兵に襲われることなく、鄭の本陣に到着したのである。

おどろいたのは子家《しか》である。

――華元とは、放胆な人だ。

話し合いたいことがあれば、戦闘が熄《や》む日没後にすればよいのに、戦闘のさなかに御者ひとりを従えただけで敵の本陣に乗り込んできた。子家という人はつねに思考に錘《おもり》をつけているわけではなく、ときに大胆な跳躍をこころみることがあるとはいえ、ここでは想像に翼をつけるゆとりはなく、目前の異変をなんとか常識のなかにおさめようとした。そのため、かれはあわてて兵車をおりて、鄭重に華元を迎えたのである。

華元をおろした羊斟は、鼻《び》洒《しん》して、兵車を動かし、すみやかに鄭の本陣をあとにした。

敢戦《かんせん》の声がこだましているというのに、ここには不可解な静寂が生まれた。

立ったままの華元はわずかに苦笑した。眉をひそめた子家は、

「卿のご来訪を、どう解すればよろしいのか」

と、揖《ゆう》の礼をおこなって、問うた。

「暴走した馬を、御者がとめられなかっただけのことです」

そういいながら華元は剣をさしだした。

その剣をうけとった子家は、あっけにとられ、頭のなかを整理するのに時を要したものの、華元を捕虜にしたと理解するや、身をそらして高らかに笑った。

——天が敵将をつまみあげて、わが手もとにおろしてくれた。

この珍事は、そうおもうしかないであろう。これが天祐でなくて何であろう。敵将を捕らえたことを配下におしえ、敵兵に知らしめれば、やすやすと頽勢《たいせい》をめぐらすことができる。実際、子家はそうした。


士仲にとっては悪夢というほかない。

華元を見失うのは、はやかった。士仲も兵車に乗っていたのであるが、華元の合図を待って突進するので、手にした武器をたしかめるために手もとに目をやったとき、白い兵車が林のなかに消えようとしていた。

――馬が暴走したのだ。

冷水を浴びせられたようにぞっとした士仲は、狂ったように大声を発して、御者に追跡を命じた。この伶俐な男が我を忘れて狂気のなかに突入したといってよい。おなじように十五、六乗の兵車が将をさがして疾走しはじめた。

こうなると戦いどころではない。百乗を越す兵車が右往し左往した。この動揺が優勢を保っていた先陣につたわった。

「何があったのか」

後方の乱れのわけがわからない楽呂はすぐに軍吏をつかわした。おなじころ、頓憊《とんぱい》していた鄭兵は、敵陣の異状に気づき、生気をとりもどした。

戦場を走りまわっていた士仲の兵車はついに鄭兵とぶつかり、戦闘をつづけることになった。

「主よ――」

矢を放ち、戈《か》をふるいつつ、士仲はのどが破れるほど嘑《さけ》んだ。華元は地中に淪《しず》んでしまったのか。

やがて、異変に気づいた。

川のながれが逆になったように、鄭軍の反攻がはじまり、鄭兵の喊声《かんせい》が林をつらぬき、戈矛《かぼう》にするどさが増し、爆発したような戦意が宋兵を圧倒するようになった。

おのずと宋兵の腰が引けた。

「どうしたのだ」

兵車の上から士仲は問いつづけた。まもなく驚愕すべき事実を知った。

「右師《ゆうし》が捕獲された」

近づいてきた鄭の兵車から声が飛んできた。この声は飛矢のごとく士仲の胸につきささった。

——主が……。

華元は生きていた。とはいえ、敵の捕虜になった。士仲は眩瞑《げんめい》をおぼえた。

敵の主将を捕らえた場合、戦勝国の君主は祖霊に報告するとともにその捕虜を犠牲としてささげるのが慣例である。

——主が殺される。

士仲の全身から血の気がうせた。頭のなかが白くなった。いつのまにか乱戦のただなか

にはいり、乱舞するように戦った。奇妙なことに疲れはなく、うわごとのようにつぶやいていたことは、

「前へ、前へ、主をお救いするのだ」

ということであった。が、突然、意識をうしなった。左肩に矢をうけて倒れたのである。御者と車右は負傷し昏倒《こんとう》した主をかばい、かろうじて乱戦の地をあとにし、さらに東へ走って戦場のへりで兵車を停め、矢をぬき、出血をとめた。主君を看護していたこのふたりがみたのは、信じられないような宋師の大崩壊であった。

猛将というべき楽呂は、戦場においては器用さをもちあわせており、けっして用兵のまずい人ではないが、事態はかれに冷静さをうしなわせた。

「右師が鄭師の本陣で囚俘《しゅうふ》になっております」

この報を耳にした楽呂は、

――嘘であろう。

と、おもった。自分よりかなり後方にいるはずの華元が、どうして敵の本陣で囚絆《しゅうはん》されることになるのか。が、つぎつぎにもたらされる報告は、そのありえないことがありえたということを指していた。

「元帥を喪って、おめおめと帰れようか」

一瞬、楽呂の脳裡にひらめいたことは、敵将をとらえて華元と交換するということである。

――華元を、わしが救ってやる。

華元に恩を感じているというより、かれは華元が好きであった。あんないい男が捕虜として斬首されてたまるか。顔を真っ赤にした楽呂は旗下の兵に突撃を命じた。

「敵の本陣まで突き進め」

と、車上で叫んだ。が、この号令に従ったのは五百ほどの兵で、ほかの兵は退却をはじめていた。怪事が事実であると確認した時点で、楽呂がすばやく引いて敗兵をまとめ、陣を立て直せば、翌日の再戦は可能であり、勝負はさておいて、自身は商丘に生還することができたであろう。しかしかれの激情はそういう想像さえゆるさなかった。

隊は突出した。

この必死の小兵団に、懸倍《けんばい》の鄭兵が襲いかかった。

死闘とはこれをいうのであろう。

五百が三百、三百が百になっても、楽呂配下の宋兵は前進をやめず、身を斬られても倒れず、骨が砕かれるまで戦った。

それをみた子家は、

──あの隊を潰すまでに、わが師旅も深く傷つく。

と、ひそかに慴憚《しょうたん》した。同時に、いちども逃げ腰にならなかった楽呂を尊敬した。できることなら殺さずに捕獲したい、とおもったものの、懸命に戦っている鄭兵に、

「楽氏を、生け捕りにせよ」

という命令はだしにくい。敵にてごころをくわえればおのれが死ぬという激闘の場裡に、なまやさしい伝令は通じない。

──楽呂を殺すしかない。

肚《はら》をすえなおした子家は、旗下の兵を幽鬼のごとくあばれている敵の小集団にぶつけて、ついに戡殄《かんてん》した。

楽呂は壮絶に戦い、四分五裂した軀幹《くかん》を起《た》たせることができなくなった。

──赦されよ。

屍体となった楽呂にたいして車上で敬礼した子家は、追撃戦を開始した。

士仲は星空だけをみていた。

夜間も移動し、鄭師の追撃からのがれた。むろんこういう逃走は士仲の本意ではない。

「主を趁《お》いたい」

華元がどのようにあつかわれるのかみきわめずに、帰りたくない。みずから手綱をとって馬首のむきをかえようとする士仲を、御者と車右がことばを尽して諌めた。追撃してくる鄭兵は殺気のかたまりであり、抗戦をあきらめた宋兵をも容赦なく殺し、首か耳を馘《き》っているにちがいない。なにはともあれ商丘にもどり、家宰に報告し、それから華元についての情報を蒐《あつ》めたらどうか。

車中で旦明《たんめい》を迎えた士仲は、ようやく冷静さをとりもどした。同時に、烈しく落涙した。楽呂の戦死と宋師のむざんな大敗を知ったのである。

「なさけない」

おのれにむかって叱責《しっせき》した。大戦して凱帰《がいき》する華元のはなやかな像しか予感になかったのに、現実のみじめさはどうであろう。何が成算を狂わせたのか。こうなったら、鄭師は宋の敗兵を追って商丘まできてもらいたい。そうなれば、防戦のなかで華元をとりもどす機会をみつけることができよう。失意の士仲の胸中にあった希望の光とはそれであったが、この光もやがて消えた。鄭師は追撃をやめ、帰途についたからである。

――この大勝は楚王にきこえたはずだ。商丘を攻めるまでもない。

という子家の判断による帰還である。ただし楚の荘王は、大棘《たいきょく》における鄭師の大勝をきいても、まったく笑みを浮かべず、

「わしは宋都を攻めよ、と命じたはずだが」

と、けわしい声でいい、捷報《しょうほう》を献じた鄭の使者をおびえさせた。

四百六十乗の兵車を捕獲し、二百五十人を捕虜とし、百人を馘耳《かくじ》したというのが大勝の内容である。

鄭の捷報は、宋の敗報となる。

夕食の膳にむかっていた文公は箸をとり落とすほどに愕いた。顔から血の気が引くのが自分でもわかった。

夜中にとどいた第二報と第三報に接して、悲慟《ひどう》した文公は、まんじりともせず夜明けを迎えるや、廟堂に重臣を集めて諮問《しもん》をおこなった。

なぜこうなったのか。これからどうすればよいのか。文公はくりかえし問うた。

重臣たちはそろって肩を落とし、うつむいて、発言しない。

やがて文公は、臓腑《ぞうふ》に虚しさが満ちてきて、問わなくなった。右師と司寇《しこう》をいちどに喪うような敗戦が過去にあったであろうか。執政がいないことで政務にとどこおりが生ずることは、文公にとって重大なことではない。それよりも何よりも、

——華元がいない。

というさびしさは、耐えがたいものである。足もとの床《ゆか》がぬけ、地に穴があいたような

たよりなさを感じてしまう。

「華元は、まことに鄭の俘虜《ふりよ》になったのか」

文公はつぶやくしかない。涙が頬をつたった。楽呂の戦死についても、信じられぬ、という悲辛《ひしん》の声が心底で湧きつづけている。

「何か、申せ」

華元がいなければ、昏惑《こんわく》するしかない重臣たちの正体をみたおもいの文公は、怒鳴りたくなる衝動をかろうじておさえて、重臣たちをしりぞかせた。かれらを集めて、かえって苛立ちがつのった。それから文公は、

「華元が死ぬ……」

と、悪夢にうなされたようにつぶやき、気がつくと眼前に王姫がいた。

「君よ――」

冷静で強い声である。文公は呆然と王姫をみている。

――童子のような泣き面をなさっている。

目もとに優しい微笑をみせた王姫は、すぐに表情をひきしめて、

「華元を死なぬようになさればよろしいではありませんか」

と、文公をはげました。

「死なぬようにする……」

文公のまなざしに力がない。鄭の師旅は五、六日後には鄭都に帰着する。おそらくその日のうちに華元は斬られる。それをどうしてとめられよう。

「ただちに司城《しじよう》を鄭へおつかわしになり、補償を申し込まれたらよい」

華元の家の累代の主は、鄭の君臣に怨まれるようなことをしておらず、華元の父は楚王に信用されていたことがある。それをおもえば、どうしても鄭君が華元を殺さねばならぬ理由はなく、楚王が華元を殺せと鄭君に命ずるとは考えにくく、財物を鄭に贈れば華元を釈放してもらえぬはずはない、と王姫はいう。

「おお——」

文公の首があがった。うちしおれていては、華元が殺されるのを、待っているだけのことになってしまう。助けたいとおもったのであれば、そのおもいを行動に移して表現すべきなのである。王姫の助言は卓抜なものではないかもしれないが、方途を失っていた文公にとっては、天の声にきこえた。

「さっそく、司城を——」

と、王姫に謝意をこめていった文公は、わが室《いえ》の府庫を空《から》にしてかまわぬから、華元を救ってやる、という烈しい声が胸裡からのぼってきた。

司城の公孫師《こうそんし》は鄭都へ急行した。

「昼夜兼行《ちゆうやけんこう》せよ」

と、文公に命じられた通りに、ほとんど不眠不休で馬車をすすめた。文公にたいして恪《かく》遵《じゆん》であるというより、

——華元には、恩返しをしたい。

というおもいが、かれに剛健さをあたえた。この超人的な疾走が、華元のいのちを救ったといってよい。大勝に沸いている鄭の宮中に駆けこんだ公孫師は、凱帰の将である子家に面会を求め、ついで鄭の穆《ぼく》公に拝謁して、華元を釈放してもらいたいという文公の願望

をつたえた。

「いかような償いにも応ずる、というのが寡君《わが》の言です」

と、公孫師はからだが折れるほどの礼容をしめし、嗄《か》れた声でいった。天空を飛ぶにひとしい速さでやってきた公孫師の困憊《こんぱい》した姿を穆公の近くでながめた子家は、

――それほど華元は愛されているのか。

と、ひそかに嫉妬《しっと》をおぼえた。逆に、自分が宋師の捕虜になったらどうであろうか。鄭君は使者を急行させて、釈放を嘆願してくれるであろうか。あらためて問うまでもない。答えは否《いな》である。鄭の君臣の関係は、宋ほど熱くない。

「どのようにいたそうか」

穆公は公孫師の衰容をみて、憫惻《びんそく》をおぼえた。楽呂を殺し、さらに華元を殺せば、宋に怨みの種を大量に播《ま》くことになり、善断とはいえない。ここは宋君の願望を容れ、華元を殺さず、償いを納めることにしてはどうか。

「御意のままに――」

子家は強い意見を吐かなかった。

ほどなく賠償の内容が決定された。

「兵車百乗、文馬《ぶんば》百駟《ひゃくし》」

というのがそれである。文とは、飾り、模様をいい、文馬は美しい毛並の馬のことか、それとも、美しい装具で飾られた馬のことか。古昔、商(殷)王朝の末期に、受《じゅ》(紂《ちゅう》)王は西方の覇王である周の文王を捕らえたことがあり、その後、文王の釈放を求める周の臣から献上された美女、奇物、珍獣を納めるということをした。その献上された獣のなかに、

「驪戎《りじゅう》の文馬」

があった。この文馬は、たてがみが赤で、毛は縞模様であり、目は黄金色に光っていたといわれる。それをおもえば、賠償としての文馬は、美しい馬、ということになろう。百駟は、四百頭のことである。要するに、

「四頭立ての兵車を百乗よこせば、華元を返してやる」

と、鄭は宋に返事をしたのである。

「うけたまわりました、と申すまえに、右師に会わせていただきたい」

生気を回復しはじめた公孫師は、華元の生存を確認しないで復命するわけにはいかないということに気づいた。

「よろしいでしょう」

子家は寺人《じじん》に公孫師を案内させた。

華元は廟庭《びょうてい》にひきすえられていた。白衣をまとった巨軀《きょく》がかすかに揺れた。入庭した公

孫師をみて、おどろいたからである。

「司城がわたしの遺骸を宋へ運んでくださるのか」

「右師――。君は凶報に接し、一睡もなさらず鬱悶《うつもん》なさっておられた。わたしは右師を助けるべく君からつかわされた使者です」

と、公孫師は涙を浮かべつつ、賠償が終われば華元が釈放されることを語《つ》げた。とたんに華元は地に伏して涕泣《ていきゅう》した。名状しがたい感動に全身がつらぬかれたといってよい。

「司城どの……、わたしは……」

と、むせぶようにいった華元の手をとった公孫師も、涙をとめることができず、

「これほど臣をいつくしむ君が、おられましょうか」

と、かすれた声でいった。

このころ、いちど帰還した士仲が商丘から消えた。

復の章

士仲《しちゅう》の報告をきくまえに、家宰は、華元の身におこった凶事を知っていた。

君主にとどけられた敗報は、またたくまに都内にひろがったといってよい。夜中でありながら、華元の家も騒然となった。

——主が捕らえられた……。

狂乱しそうになる自分をおさえた家宰は、降って湧いたような禍事《かじ》にどう対処すべきかを懸命に考えた。主は斬られるであろう。おもいたくないことであるが、華元の死を想定しなければ、思考は前進せず、つぎの行動もおこせない。華元の家を潰さないために、どうすればよいか、何をなせばよいか。

華元の嫡子である閲《えつ》はまだ成年に達していない。嗣人《しじん》が少年である場合、たしかな後見《こうけん》を立てないかぎり、采地の継承を公室に認めてもらえない。

——たれを後見にすべきか。

楽呂《がくりよ》がよい。わかりきったことである。が、この廉忠《れんちゆう》な大臣は、大棘《たいきよく》に近い戦場で壮烈な死をとげてしまった。

家宰は頭をかかえた。

——華弱《かじやく》しかいないのか。

華弱は佞猾《ねいかつ》なのか軽薄なのか。いずれにせよ信用することのできぬ人物である。華弱に後見をたのめば、やがてこの家は乗っ取られるであろう。

考えれば考えるほど絶望が大きくなり、家宰は思案に暮れて蹙々《しゆくしゆく》と朝を迎えた。

日が昇るころ、敗兵が商丘にあらわれ、うわさが事実であることがあきらかになった。

ついに家臣の数人が凶報をもって帰着した。

——主のことは、本当であった。

落胆を深めた家宰は、意を決して、華元の夫人につらい報告をおこなった。

夫人も、一睡もしなかったらしい。何を想像しても明るい出口がみあたらなかったのは、家宰とおなじであり、心労のため、やつれが容姿にあらわれていた。家宰の口からでた凶報をきいているうちに、掩咽《えんえつ》しはじめた。

家宰の語気が萎《な》えた。

ふと、廓落《かくらく》としたものを感じた。華元のいないこの家にいる自分に精気を感じなかった。

――主の遺骸を下げ渡してもらうことを考えるほうがさきだ。

この家の今後のありかたについて、夫人の意を仰げるような状態ではないとおもった家宰は、静かに退室して、士仲の帰還を待った。士仲が戦死している場合は、自身が鄭都へゆき、子家《しか》に直訴する覚悟をさだめた。

気がつくと、細雨がふっていた。音のない雨であった。

雨の庭をながめているうちに家宰は呆然とした。この雨も、華元が捕虜になったという報せも、嘘なのではないか。なぜかそんな気がしてきた。事態に慮外な深刻さがあるため、自分の器量ではここを乗り切れないという悲鳴が心身で鳴りつづけているので、複雑な思考が消されてしまったのかもしれない。

「士仲どのが帰着なさいました」

遠くからとどいたその幽《ほの》かな声に、家宰は泥海《でいかい》に沈みかかった者が小さな帆影《はんえい》をみつけたような喜びをおぼえた。

「なんじが主の近くにいながら、何たることか」

家宰はせいいっぱいの声を発して士仲を叱った。叱ることで、虚しさを吐きだし、臓腑に気力をたくわえようとした。

顔色の悪い士仲はうめきつつ平伏した。

「主の兵車が突然消えたなどと奇怪なことを申す者もいる。仔細はなんじがもっともよく知っておろう。申せ」

家宰は華元が捕虜になったいきさつがまるで解せない。

重い首をわずかにあげた士仲は、まなざしを手もとに落としたまま、

「またたくまに主の兵車は走りはじめ、視界から消えました。車右《しゃゆう》がとり残されたのをみますと、馬が暴走したとしかおもわれません」

と、力のない声で述べた。

「御者は、たれであったのか」

「羊斟《ようしん》が御《ぎょ》をつとめておりました」

「羊斟は――」

多少の偏屈さをもってはいるが、胆力はあり、御法に長じているときく。その男が暴走した馬をとめられなかったとは信じがたい話である。家宰はすこし膝をすすめ、

「主の兵車が敵陣に突入したのであれば、羊斟は戦死したのであろうな」

と、語気の鋭さを斂《おさ》めながら問うた。

「愧慙《きざん》せねばなりませんが、矢傷により、戦場からしりぞきましたので、羊斟のことは存じません」

「ふむ、しらべればわかることだ」

「いまは生きて帰ってきたことを悔やんでおります」

士仲は声をふるわせ、背もふるわせた。

「士仲よ、鄭へゆき、主のご遺骸を下げ渡してもらい、ここに運んできてはくれぬか。そのあいだ、わしはこの家が取り潰されないように奔走する。最後の奉仕になろう」

「家宰どの……」

はっと士仲は目をあげた。

「家が続くようであったら、なんじが家宰となり、幼主を擁佑《ようゆう》するのだ。この老人の願いをきいてもらいたい」

家宰の口調はついに哀愁をおびた。

「さっそく、鄭へ発《た》ちます」

「待て、待て、傷を癒《いや》せ。二、三日もすれば、新しく何かがわかるかもしれぬ」

家宰は士仲の顔色の悪さをみてそういった。狼狽して拮据《きっきょ》しても、ろくなことにはならない。家宰はむだに年をとってきたわけではない。

士仲を養生させた家宰は、翌日、楽家に弔問に行った。それから三日経って士仲があらわれたので、

「吉報がある。君が主を救うべく司城《しじょう》を鄭へお遣《つか》わしになった。うまくゆけば、主は殺されずにすむ」

と、おしえた。

「まことですか」

士仲の顔に生気がよみがえった。家宰の容姿からも憔悴《しょうすい》のかげが払われている。

「ほかにもわかったことがある。羊斟が生還している」

「え——」

意外であった。華元の兵車を御していた者は、華元を守るべく戦ったはずであり、死なたければ、捕虜になっているはずではないか。

「ご下問があったらしいが、君にたいして羊斟がどう答えたのか、わからない。羊斟は病と称して出仕しなくなった」

「怪しいですね。もしも羊斟が鄭に通じていたのであれば、赦すことができません。あの者ひとりのために、主の名誉はそこなわれ、多数の死者がでたのですから」

士仲にしてはめずらしい激語であった。

「羊斟が裏切ったのであれば、わしにも存念がある。もしも主が鄭で亡くなられたら、羊斟を斬るのは、わしがやる。なんじは、手をだしてはならぬ」

この家に迷惑がかからぬように、家宰は致仕《ちし》してから、羊斟を斬るつもりである。士仲が暗殺者になり、罪を得ては、この家を守ってゆく者がいなくなる。

「はあ……」

「右にゆくか左にゆくかは、主の生死しだいだ。まだ司城は鄭都へ到着してはいないか……」

じりじりしている家宰をみて、自宅にもどった士仲は、ひそかに旅装にとりかかった。

そこに女乗りの馬車が着いた。

「王姫《おうき》のお使いが――」

あわてて士仲は後宮の女官を迎えた。馬車からおりたのは老女である。士仲にはみおぼえがある。ゆるりと堂にのぼったこの老女官は、

「夫人のご内命をおつたえします」

と、あまり大きく口をひらかずに語《つ》げはじめた。

夜、家宰と密談した士仲は、翌早朝に商丘を発った。

士仲の馬車のうしろに二乗の馬車が従っている。すぐうしろの馬車にはふたりが乗っている。ひとりは御者であるが、ほかのひとりは華元の臣下のなかでもっとも武術にすぐれた士である。最後の馬車には御者しかいない。

——あの馬車に、主をお乗せして帰るのだ。

ふりかえった士仲は心のなかで強いことばをくりかえした。

かれは鄭から帰ってくる公孫師《こうそんし》を途中でみつけ、華元の安否を問いたかったが、道がったのか、鄭都に着くまでそれらしい集団の影をみなかった。じつは公孫師は、

「早く君にお報せせねば——」

と、帰路も昼夜兼行《ちゆうやけんこう》して、馬車のなかでねむったので、士仲が泊まっていた邑にはいらなかった。

それゆえ鄭都に着いた士仲は華元の生死を自分でたしかめねばならなかった。

手段はある。

王姫の指示は、鄭の公室にいる女官のひとりは周王室からつかわされた者であり、その者を聘問《へいもん》せよ、というものである。王姫の使者である符《しるし》を所持してきた。車中で衣冠をあらため、聘物をたずさえた士仲は、符をみせて宮門を通り、さらに後宮の門を通った。

王姫の使者である士仲は粗略にあつかわれることはなかった。

後宮で仕えている女どもを取り締まっているその女官は、高官であり、おそらくこの人は周王が賤妾に産ませた女子か、周王の弟の娘であろう。幼いころ、王姫とは親しかったらしい。

威のある女官で、ことばにも重みがあった。

「このたびは、両国の公室にとって不幸な戦いがあり、襄夫人はいたく心痛なさって、臣をお遣わしになりました」

そういった士仲は、この女官に憐みを乞うかたちで、華元の生死を知ろうとした。女官は口もとを微笑で染めた。

「鄭の君が宋の卿を殺さなかったことは、両国にとって不幸中の幸いであったとおもいます」

おもわず士仲は容《かたち》をあらためた。

「右師にたいする鄭君のご処置は、いかなるものであったのでしょうか」

「はて、なんじは宋君の御使者に遭っておらぬのか」

「おなじ道を往《ゆ》く者が復《かえ》る者に遭わぬのはふしぎですが、遺憾ながら、司城には遭っておりません」

「さようか……」

と、いった女官は、親切心をみせた。士仲の容貌には女を不快にさせる醜怪さはみじんもない。むしろ女に好感をもたれるすがすがしさと真摯《しんし》さを併有している。

女官は賠償の件を話した。

——兵車百乗と馬四百頭か……。

宋にとって苛酷な賠償ではないものの、士仲は多少のいやらしさを感じた。鄭が華元を釈放すると決めたのであれば、捕虜の交換においてそれをおこなえばよいのに、そうしないのは、雑兵と将の交換では鄭が損をすると考えたからであろう。

王姫は賠償の内容を知らない。

知らないうちにひとつの決断をおこなった。華元を助けるために宋の公室の財が大いにけずられる危険を回避するにはどうしたらよいか。強引に華元をつれもどせばよい。それが決断である。こういうことを文公に発想させず、自身が陰《かげ》で敢行するところに、王姫のすごみがある。

「華元が殺されずにいたら、脱走させなさい」

そういう命令をひそかに士仲にあたえた。この種の荒っぽい仕事を文公の直臣がおこなうと、両国の関係がいっそう険悪になる。ところが華元の家臣がおこなえば、情状に角がたたない。

士仲は落涙した。女官の憐憫《れんびん》を誘うための涙ではない。

——主が生きている。

それがむしょうにありがたく、うれしい。家宰は引退して羊斟を殺すことをしないですみ、士仲自身は華氏の没落をみないですむ。

「おそれながら、おうかがいします。いま、宋の右師はどこにおりましょうか」

つぎの関心はそれである。華元の所在がわからなければ、救いようがない。

士仲の涙をみた女官は、目をうるませ、

「下都《かと》へ遷《うつ》されたときいたが……」

と、いった。下都は副都といいかえてよい。

「櫟《れき》でございますね」

念を押す必要がある。櫟は鄭都の西南方、潁水《えいすい》の南岸にある比較的大きな邑である。鄭都から歩いて四日ほどの距離である。

「下都といえば、まず、櫟であろう」

「ご教示、かたじけなく存じます」

士仲はいきなり櫟へはむかわない。王姫の指示は、周へゆきなさい、ということであった。王室に出入りしている大賈《たいこ》は鄭の公室にも祭具や什具《じゅうぐ》を納めているはずであるから、

その者に会って知恵をさずからねばならない。

士仲は配下とともに王都へ走った。王都は洛陽にある。

鄭都をでて七日後に王都にはいった。さいわいなことに大賈は在宅していた。

「襄夫人の御依頼ですか」

櫟に軟禁されている華元を脱出させたいという士仲の願いを知った大賈は、困惑したようであった。

「なにとぞ――」

士仲はひたすら頼むしかない。

この賈人が返辞をためらうのもむりはない。鄭の俘囚《ふしゅう》となった華元を逃がしたことが露見すれば、鄭公室への出入りはさしとめられ、鄭国内を通れなくなる。

東西南北の交通はかならず鄭を経由するといってよい。鄭を避けて迂回しなければならないようになれば、商売に大打撃となる。そういう危険を承知で王姫のために尽す義気《ぎき》を、この賈人がもっているとはおもわれない。

――王姫はこの賈人をみそこなったのではないか。

士仲がそうおもいはじめたとき、大賈は肚を決めたようで、

「弟の季賀《きか》を呼びます。季賀をお使いくだささい」

と、いい、この難事を末弟にあずけた。

季賀は士仲とほぼ同年齢で、明眸《めいぼう》をもっており、語気もさわやかである。

「事情はよくわかりました。わたしが櫟へまいります。ここで考えていてもはじまりません。とにかく出発しましょう」

挙措に切れがある男である。

――度胸もよさそうだ。

すこし愁雲《しゆううん》が遠のいたおもいである。

季賀は十五、六人の配下を従え、自身は馬車に乗った。数日後にはたがいに才覚を認めあった。

邑に泊まるたびに士仲は季賀とことばを交わした。数日後にはたがいに才覚を認めあった。また季賀は楚の国へよくゆくらしく、南方の風俗にくわしかった。

「四頭立ての馬車を百乗、鄭へ納めれば、右師さまは返還される。それまでお待ちになるわけにはいかぬのですか」

季賀にはそこがわからぬらしい。

「右師は宋の執政です。執政者が不在では、宋は綜理《そうり》されない。右師が俘獲《ふかく》された大棘の戦いは、鄭軍が宋に侵入したことによって生まれたものです。他国を侵し、しかも賠償を要求する。貪欲だとはおもいませんか。たとえば、あなたの家に押し入った者が、あなたの兄を拉致《らっち》したあと、財貨をよこせばいのちを奪わぬといったとすれば、どうですか」

「なるほど、わかりました。宋は君主が父、右師さまが兄のごとく敬慕されていることも、よくわかりました」

季賀は、王姫の使者が華元の家臣であることに気づいた。はじめからいのちを棄ててこの件にかかっている。烈しくおもいつめている迫力のようなものが、季賀を打ってくる。

すでに三月上旬である。

櫟の門までつづいている並木の緑が新しい。

邑内にはいった季賀は、

「宮室内のようすをみてまいります。右師さまがここにいることをたしかめねばなりません」

と、いい、三人の配下をしたがえて、邑宰に挨拶に行った。

――小細工は失敗のもとだ。

と、考えた季賀は進物をささげて邑宰に面会し、ここにきたわけを語《つ》げた。そのわけには真偽《しんぎ》がからみあっている。

「弊家がご愛顧をたまわっているのは、周王室や鄭公室ばかりでなく、楚王室もあり宋公室もあります。これから鄭都へまいり、宋都へもまいりますが、宋の公室より、俘虜となった右師がいまどのようにすごしているか、たしかめてから宋都へくるように、というご依頼がございました。仄聞するところでは、宋の右師はここにおられるとか。面語がかなわずとも、遠目で拝見することができましょうか」

やましさをけぶりにもみせぬいいかたである。

邑宰は季賀をみるのははじめてであるにもかかわらず、さほど怪しまなかったのは、季賀の家が鄭公室に出入りしていることに妄《うそ》がなかったことと季賀の態度に誠実さがあったためである。

「面語を宥《ゆる》さぬことがあろうか」

と、邑宰は寛宥《かんゆう》をみせた。進物に気をよくしたせいでもあるが、ほかの理由もある。じつはこの時点で、賠償が半分すんでいた。兵車五十乗と文馬《ぶんば》二百頭が鄭の公室に納入されたのである。が、季賀と士仲はそのことを知らない。

——まもなく右師は釈放になる。

と、考えている邑宰は、周の賈人の口から櫟の邑宰は吝嗇《りんしょく》な男です、と宋の文公に語《つ》げられるのを嫌った。華元に怨まれるのも気持ちのよいことではない。かれは下僚に命じて華元が起居している室に季賀を案内させた。

季賀は目のよい男である。

——警備が薄い。

と、みぬいた。しかも華元の室は牆壁《しょうへき》に近い。その牆壁を越えればいきなり邑外に立つことができる。華元がいぶかしげに季賀をみている。

「はじめてお目にかかります。手前は周の賈人で、宋君や襄夫人の御愛顧をたまわっている季賀と申します」

そういって華元のけげんさを解いた季賀は、たくみに話題をつなげながら、監視の目が弛《ゆる》むのを待った。が、室内にいる役人は退室せず、対話に耳を澄ましている。そのうち華元はその役人のほうに顔をむけ、

「この者に、宋君への書翰を託したい。ご配慮をたまわりたい」

と、いった。役人は立った。

——しめた。

季賀は大胆に膝をすすめた。役人は退室したわけではなく、室外にいる者に声をかけるためにふたりからかなり離れた。そのわずかな時間に、季賀は、

「いま士仲どのが、邑内におられます。夜中、牆壁の下でお待ちすることができますが、脱出なさいますか」

と、ささやいた。

出目の華元の目がいっそう大きくなった。二、三度、まばたきをした。それが応答であった。

書輸をあずかって宮室をあとにした季賀は、委細を士仲に話してから、鄭都へむかった。

「宋の右師は巨体だ。紐が切れねばよいが」

と、配下に語った。

季賀と別れた士仲は邑外にでて夜を待った。あたりが夜の色に染まると、月が中天近くにあった。牆壁が幽かに光っている。

全員が息をころしている。

士仲は逃走路を頭のなかで何度も画いた。

月がかたむいた。

——主が牆壁を越えるのは、あの月が沈んでからであろう。

夜の底で凝固したように待っているのは苦痛であるといえばいえるが、士仲にとっては喜びのほうが大きい。主はわたしの太陽だな、とおもう。華元が死ねば、この世は闇になってしまう。闇の世で生きながらえても愉悦があろうはずがない。二度と昇らないのではないかとおもった太陽が、牆壁から顔をだす瞬間が近づいている。

やがて、月が沈んだ。

——月が落ちれば、日が昇るにきまっている。

ふと、そんなことをおもったとき、漆黒《しっこく》の闇のなかに音があった。大きな物体が、ある高さから地上に落下したような音である。

——主だ。

こうなったら炬火《きょか》をともしてさがすしかない。いっせいに配下が動いた。しばらくして炬火が大きくふられた。士仲は走った。いちど草に足をとられて転倒した。炬火が集まったところに、華元がいた。上体を起こし、腰をさすっている。頭上に、帳《ちょう》のようなものが、ゆらゆらと揺れている。

「お歩きになれますか。馬車をこちらにまわしましょうか」

「おお、士仲——。よくきてくれた」

その声をきいたとたん、士仲の胸は嚇《かっ》と熱くなり、目に涙があふれた。華元の手が士仲の肩にかけられた。手のぬくもりが肩に染みた。


華元は宋都の門外に立って、特徴のあることをおこなった。

——告《つ》げて入《い》る。

と、『春秋左氏伝』には書かれている。告げるとは、もともと神に訴えることであるが、この場合は、

「右師である華元がただいま帰りました」

というようなことを大声でいったのであろう。邑のなかのたれにきかせるというのではなく、自分を護《まも》ってくれた祖先の霊に感謝したのであろう。むろんかれの大声をきいた者が宮門に趨《はし》り、門衛が官人につたえて、文公はすぐに華元の帰還を知ったにちがいない。

宮中にはいった華元は、文公に拝謁して、もっとも重い礼というべき拝稽首《はいけいしゅ》をおこなった。この礼容にかれの万感がある。

「なんじを喪《うしな》わずにすんだ。わしの運も弱くはない」

文公の口調には恵風のさわやかさがあった。

「君を苦しめ、国に損害をあたえた臣の罪は、万死にあたいします」

華元は悔恥《かいち》を述べるしかない。

「将が万死にあたいするのであれば、その将を択《えら》んだわしも万死にあたいしよう。ともに死ぬのは、もうすこし先でもよいではないか」

文公は華元をいっさい誚《せ》めなかった。

――いのちをささげるに足る君だ。

華元は肚のなかで涕欷《ていき》した。

おなじころ士仲は王姫に復命していた。ただし王姫は士仲にじかに会わず、老女官に復命をうけさせた。

宮中からしりぞいた華元を待っていたのは家宰である。地をつかんで顔を俯《ふ》せている家宰を認めた華元は、この老臣の背に手をあてて、

「なんじの寿命を縮めたな。宥《ゆる》せ」

と、いったとたん大粒の涙をこぼした。顔をあげた家宰は笑おうとして、また泣いた。

「わしの車に乗れ」

華元と家宰はおなじ馬車に乗って帰宅した。家中のいたるところで主君の生還を歓ぶ声が沸きあがった。家宰は士仲をねぎらったあと、

「羊斟には、腹の虫がおさまらぬ」

と、にがにがしくいった。

「遭いましたよ、門内で」

「えっ、主はどうなさった」

「馬のせいであった、と一言、声をおかけになりました」

「羊斟に罪はないということか。まことかな。それで羊斟は答えたのか」

「馬のせいではなく、人のせいです、と申しました」

「それよ。恥を知らぬ羊斟が罪を認めたではないか。奸猾《かんかつ》な者をこのままにしておいては、戦死した者の霊をなぐさめることができぬ。知恵を借りたい。こらしめる手はないか」

家宰の憤懣《ふんまん》が大きくなったこのとき、当の羊斟は商丘をでて、東に道をとった。むろん、家族をともなって、である。華元が帰還するまで都内にいたことはたしかであり、その魂胆は不透明であるが、賠償の件が群臣にしらされていなかったため、華元の生還はない、と安心していたのかもしれない。ちなみに羊斟は宋をでて魯《ろ》に亡命した。

ところで、この羊斟に死地に投げこまれた華元が、羊斟に遭っても怨言を吐かず、文公にたいしても羊斟を誹謗《ひぼう》しなかったことは、みごとというほかない。華元という男の恢奇《かいき》さは、まさにここにあるといってよいであろう。

ひとつ愉快な逸話がある。

宋では城壁を築くことになった。工事責任者である華元が巡視にでると、人夫たちが歌っている。

睅《かん》たるその目
皤《は》たるその腹
甲《こう》を弃《す》てて復《かえ》る
于思《うし》于思《うし》
甲を弃てて復《かえ》り来たる

出目で太鼓腹の大将は、甲《よろい》を棄てて逃げ帰る、ひげの立派な大将は、甲を棄ててお帰りだ。そういう意味の歌であろう。于思とは難解な語であるが、あごひげが多いということらしい。それをきいた華元は、陪乗者に、

「牛にはすなわち皮があり、犀兕《さいじ》にそれはなお多し、甲を棄ててなぜ悪い」

と、いいかえさせた。

人夫はおもしろがって大合唱をした。

「たとえそれ、皮があっても、丹漆《たんしつ》が、なければ何もなりはせぬ」

丹漆は赤と黒のうるしである。

華元は苦笑し、御者の肩をたたいた。

「行こう。多勢に無勢だ」

坎《かん》の章

華元が帰還してから二カ月ほどあとに、宋の文公は軍を率いて晋《しん》軍に合流し、鄭《てい》を攻めた。

この攻略は、晋の宰相である趙盾《ちょうとん》が企画し、実行したものである。

大棘《たいきょく》における戦いの勝敗を知った趙盾は、

「晋が宋を助けなかったといわれては、晋の威信が墜《お》ちます」

と、君主の霊《れい》公にいい、みずから帥《すい》将となり、宋、衛《えい》、陳《ちん》の軍旅をともない、鄭を侵した。いうまでもなく宋のための報復戦であるが、この時代、報復とは、

——礼を返す。

という意味に近いであろう。

これが夏のことであり、秋に、帰国した趙盾に大難がふりかかった。

霊公に烈しく憎まれた趙盾は、ついに暗殺者をむけられた。ところが、鉏麑《しょげい》という暗殺者は、趙盾のすきをうかがううちに、趙盾の忠勤のみごとさを目撃して、

「国を守ってくれている人を殺せば国を裏切ることになり、殺さなければ君命にそむくことになる」

と、狂わんばかりに懊悩《おうのう》し、進退きわまって自殺した。が、趙盾の危機はつづく。

霊公の酒宴に招かれた趙盾は、猛犬と甲士の襲撃をうけた。提弥明《ていびめい》という趙盾の車右《しゃゆう》は、主君を助けるべく堂上に趨《はし》りあがって、飛びかかってくる猛犬をふせぎつつ趙盾を堂下へ抱えおろし、剛力ぶりを発揮して猛犬を搏殺《はくさつ》した。さらにつぎつぎに斬りかかってくる甲士を斬り伏せながら、あとわずかで宮中からでられるというところで戦死した。やむなく趙盾は剣をかまえたが、迫りくる白刃をみて、死を覚悟したであろう。

ところが、徳の力とは恐ろしい。

天が趙盾を殺さなかったともいえる。

甲士のなかに霊輒《れいちょう》という男がいた。往時、かれは餓死しそうなところを趙盾に救われたことがあり、その後、霊公の衛士になっていた。死地に立っている趙盾をみた霊輒は、

——恩を返すのは、このときしかない。

と、おもい、突如、趙盾をかばって、甲士を撃殺しはじめた。かれはおどろくべき武術

の冴えを発揮し、甲士を斃《たお》しつづけ、ついに趙盾を宮中から脱出させてから、名を告げることなく姿を消した。

趙盾は国境へ奔《はし》った。あとわずかで国外にでるというところで、霊公の死を知った。趙氏の嫡流の当主である趙穿《ちょうせん》が霊公を暗殺したのである。

趙盾から危難は去った。

晋の新君主として立った成公は文公（重耳《ちょうじ》）の末子であり、生母は周の王女である。

この騒動の顚末を華元が知ったのは十月末である。かれは家宰と士仲にその話をしてから、

「国境を越えずに引き返したのは、国政に空《あ》きをつくりたくない趙氏の真摯《しんし》さがそうさせたのであろうが、せっかくの名声が汚濁にまみれた。惜しいことだ」

と、いった。あとで士仲は、

「主が仰せになったことが、わかりかねます」

と、家宰に解説を求めた。

「ふむ、こういうことではないか」

霊公を襲撃したのが趙穿であったとすれば、趙穿は趙氏の一門の要人であり、世間は趙盾が指示して趙穿に凶事をおこなわせたとみる。もしも趙盾が国境を越えてしまえば、そ

の暗殺事件と趙盾とは無関係であるとみられるのに、事件を知ってすぐに趙盾が引き返したことに、事件とのつながりとひそかな使嗾《しそう》を感じざるをえない。

「真相はどうあれ、趙盾が大逆の首謀者ではないかと疑われることになった。それだけでも、趙氏の名誉はそこなわれた。それゆえ主は、惜しい、と仰せになったのであろう」

「よくわかりました」

士仲は頭を垂れた。国境にさしかかった趙盾の従者はわずかであったにちがいない。重臣のうちには賢者がいたはずであるのに、身ひとつで都外にのがれたような趙盾には、主君に諫言《かんげん》を呈せるほどの高官が属《つ》いていなかったとおもわれる。趙盾は無私の人であるがゆえに、君主が殺されたあとに起こりうる混乱をおもい、なるべく早く帰って鎮めようとしたのであろう。権勢を保持したいための帰還ではあるまい。

が、そのことは、世間の口事《こうじ》や修史とはべつなものである。そこが政治にかかわる者にとって恐ろしいところである。

――美名と汚名とはわずかな差しかない。

とはいえ、執政者にとってその差は大きい。その差に、執政者の臣下の良否が問われている、といっても過言ではない。

士仲も執政者の臣下である。

——主を敵の捕虜にしてしまうような愚臣である。主の汚名を雪《すす》ぐ才覚も、もちあわせていない。こういう晦惑《かいわく》の臣が、家宰になってよいものであろうか。

「わたしが引退したら、つぎの家宰には、士仲がよろしい」

と、家宰は華元に推薦の弁をむけたらしい。

——それは困る。

士仲の胸の底にそういう声がある。家宰の子が家宰になればよい。士仲は家宰の子を注視するようになった。

家宰は華氏の族人であるので、当然、氏姓は華である。この家宰の子のなかに、

「華呉《かご》」

という成人になったばかりの者がいる。士仲は華呉を遠くからみているうちに、

——かれはなかなかの人物だ。

と、おもうようになった。一言でいえば、挙措に心がある。寡黙であるが陰気ではない。大言壮語をつねにつつしんでいる。しかし勇気に欠けているわけではない、と士仲はみた。あるとき、父が子をどうみているかを知りたくなり、士仲は華呉をほめてみた。即座に家宰は、

「呉は気宇《きう》が小さい。大事は、まかせられぬ。わが子は菲才《ひさい》ばかりよ。なさけないこと

だ」

と、いった。そういわれては話のすすめようがない。士仲は内心苦笑しつつ、子をみる父の目が厳しすぎることを感じた。主君の華元は華呉をどうみているのであろうか。


翌年、宋は、北辺を曹《そう》の軍に侵された。

——なぜ、曹がわが国を攻めるのか。

華元は不審をおぼえたが、おどろきはせぬ。いまの宋には内憂はなく、外患にたいしては人臣が浮足立つことはけっしてない。

曹という国は宋の北方に位置している。宋と良好な関係にあるわけではないが、宋となじように晋の盟下にあるので、わけもなく宋を攻撃するはずがない。

「どういうことか」

華元は司馬の蕩虺《とうき》に問うた。蕩虺はすぐには答えられず、翌々日になって、

「武《ぶ》氏と穆《ぼく》氏の族が、曹の大臣をそそのかして、攻めこんだようです」

と、いった。蕩虺は曹の君主をはばかって大臣といったが、君主が聴許《ちょうきょ》しないかぎり軍を出動させることができないのであるから、武氏と穆氏の族人は曹君に訴願して、援助の確約を得たにちがいない。ところで、武氏と穆氏とは、いうまでもなく三年前に宋の公子

須《しゅ》と昭公の遺児を奉戴《ほうたい》して叛乱をたくらんで失敗し、追放された族のことである。かれらは曹に住むようになったものの、遺憾《いかん》のおもいがつよく、ついに武器をもって立ち、曹軍に掩護《えんご》してもらって宋の北辺の邑を落として、そこを拠点に宋の政権にゆさぶりをかけるつもりらしい。

武氏と穆氏のうしろに曹がいる。まさか曹のうしろに楚がいるのでは、と疑った華元は南方の情報を集めてから、

「出師《すいし》をお命じください。司馬を将に――」

と、文公に言上した。楚軍が宋にむかってくるけはいはない。

軍を率いて商丘を出発した蕩虺は、北部の野で侵入軍と会戦し、連勝するや、敗走する軍を追って曹にはいり、ついに曹都の陶丘《とうきゅう》を包囲した。かれは曹君に使者を送り、

「武氏と穆氏の首謀者を処罰なされよ。さもなくば、攻撃をおこなう」

と、恫喝《どうかつ》をこめた要求をおこなった。

恐れた曹君はこの要求を呑んだ。それにより宋の武氏と穆氏とは再起する力を喪《うしな》い、宋の文公をおびやかす影はすっかりついえたといってよい。

上首尾の蕩虺は意気揚々と帰還し、文公に復命した。

――たいしたものだ。

華元は蕩虺を称《ほ》めたわけではない。文公の治世に感心したのである。

文公が賢知をもって生まれ育ったことを否定するつもりはない。が、文公は昭公の庶弟であり、ふつうであれば君主の席に登ることはできない。兄の秕政《ひせい》をみて、

——もしかすると……。

と、変事にそなえて、国人を撫有《ぶゆう》しはじめた。が、乱は起こらず、みずからの手で兄を斃《たお》すほかなくなった。欲望にまみれた賢知は悪を生ずるのである。しかしながら鋭すぎる賢知に礼をかぶせて、鈍くした。奇妙ないいかたであるが、実際、そうである。文公が鈍さをみせたせいで、周辺や下の者が働きやすくなったといえる。

一言でいえば、文公は自分を変えた。

凡百《ぼんびゃく》の人ができないことであるがゆえに、文公は真の賢知をもっていたと華元はおもうのである。

文公を悪意でみる人は、文公は君主の席を強奪した、というであろう。武氏と穆氏の族人の陰謀と叛逆は、文公へのあからさまな批判である。しかし文公の徳声《とくせい》はそういう批判にいささかも傷つけられないところまできている。

蕩虺の復命を知った華元は、そんなことを考えた。

華元は自分を誇らない人である。

文公も我《が》という棘《とげ》をみせない。

このふたりに治められた宋という国は寧靖《ねいせい》そのものとなり、宋軍が曹を包囲した年からかぞえて、およそ七年間、国内に侵入してくる異邦の軍をみなかった。

が、八年後に、ついに楚軍が侵撃《しんげき》してきた。

この年は宋の文公の十三年にあたる。

「楚王は欲望の大きな人であるらしい。いよいよわが国を服属させようとするか」

と、文公はいった。

「わが国と晋との同盟は固く、楚がわが国を攻めれば、かならず晋が援《たす》けにきます。楚王が天下の盟主になりたければ、晋に勝たねばなりません。決戦をおこなえば、両方とも軽傷ですむはずがないので、楚王の威光が中原《ちゅうげん》をおおうということはありますまい」

と、こたえた華元は、いま侵寇《しんこう》している楚軍は、宋を恫《おど》しただけで、商丘までこないという見通しを述べた。

——楚軍の帥将は子重《しちょう》か。

子重は猛将といってよい。性格に晦蔵《かいぞう》がないので、その用兵にも裏がない。

帰宅した華元は、家宰の子の華呉と士仲とを呼び、

「楚の陣へゆき、帥将に酒を献じ、ねぎらってくるがよい」

と、いいつけた。

――主は華呉どのの度胸をためそうとなさっている。

士仲にはわかる。華呉にみどころがあるとおもえばこそ、ためすのである。

出発まえに、家宰は士仲に頭をさげ、

「愚息のような小心者が、こういうきわどい使命をはたせるかどうか、はなはだこころもとない。楚の陣をみて、ひるむようであったら、華氏の家名をけがすようなふるまいをするにきまっているから、楚将への献遺《けんい》は、なんじがおこなってくれ。愚息には、器量以上のことをするな、といいきかせておく」

と、苦笑をまじえていった。

「家宰どの、ご子息は秘めた勇気のある人です。かならず使命を遂行するでしょう」

士仲には不安はない。

数人の従者とともに華呉と士仲は楚の陣をめざした。

宋の南部を攻略した子重は、

――さて、どうするか。

と、考えていた。北上して商丘を包囲するには少々兵の数が足りない。それだけに宋軍

がでてくるということも考えられる。宋軍と一戦してみたいが、荘王の使者がきて、

「王は郔《えん》において、左尹《さいん》の帰りをお待ちになっています」

と、いわれた。のちに令尹《れいいん》になる子重は、このころ左尹であった。王を待たせることはよくないが、戦果がものたりない。子重はおのれを誇りたい歳である。

――軍を商丘に近づけてみるか。

そう決意したとき、華元の使者が楚の陣に到着した。

「宋の右師《ゆうし》の使いがきたと申すか」

講和の話であれば、宋が楚の盟下にはいることになり、子重の大功となる。

「通せ――」

子重の声ははずみをもった。

臆する色なく子重の足下にすわった華呉は、おもむろに酒樽《しゅそん》を献呈し、

「弊国に御足労をたまわったのに、何のおもてなしもできず、まことに心苦しいと主である右師は申しております。せめて旅の無聊《ぶりょう》をなぐさめていただくべく、酒を持参いたしました。なにとぞお納めください」

と、落ち着いた口調でいった。

酒樽を一瞥《いちべつ》した子重は、気にいらぬというふうに、

「進物はこれだけか」

と、問うた。

「と、申されますと——」

「和を乞う話をもってきたのではないか、といっているのだ」

「理不尽なことを仰せになるものではありません。弊国は晋と盟約を結んでおり、また、楚軍に敗《やぶ》れたわけでもないのに、どうして和を乞わねばならないのか。さらにいえば、和は礼をもって成るのでして、武によって成るものではありません。楚の酒が左尹さまを悪酔いさせているのでしたら、どうか宋の酒をお飲みください。正気を得ることができます」

「ほざいたな」

子重は剣をぬき、剣刃を華呉の首に近づけた。

「つべこべぬかすなんじの首を落とし、商丘を攻めてやろうか」

「どうぞお斬りください。が、あなたさまは商丘を攻め取れぬばかりか、滅亡への道を歩《あゆ》まれることになりましょう」

「何だと——」

子重は嚇《かっ》と華呉を睨《にら》んだ。

「わたしは執念深い質《たち》ゆえ、死んでも亡霊となって商丘を守り、あなたさまに祟《たた》るでありましょう。そういう怨毒《えんどく》を浴びぬことが、あなたさまに成功への道を啓《ひら》かせると愚考します。尊貴なあなたさまが、まことに尊貴であってもらいたいがゆえに、失礼なことを申しました。わたしの屍骸は、外でひかえております士仲という者に、おさげ渡しください」

華呉は深々と頭をさげ、それから口と目をとじた。

――華元はこういう臣下をもっているのか。

怒気を引き、剣をおさめた子重は、急に哄笑《こうしょう》した。

「喜んで酒をうけとった、となんじの主

君につたえよ。わしはなんじの主君と和したい気分である、と申せ」

「かならず――」

華呉はすっきりと仰首した。


あざやかに華呉は使命を遂行した。

華呉と子重のことばのやりとりを士仲はじかにきいていたわけではないが、しりぞいてきた華呉に光輝があった。

「なさいましたな」

「士仲どの、あの左尹には迫力があった。わたしは終始惴々《ずいずい》としていた」

「そうはおもわれません。人は大きな器量の人に会って、自分の器量を拡げてゆくのです。この営所にはいるまえの華呉どのと、でてきた華呉どのとは、ちがうということです」

これは実感である。わずかに時がすぎただけで、華呉はひとまわり大きな人物になった。

華呉と士仲の復命をうけた華元は、

「子重は酒を納め、軍を引いた。楚の執政になれる器だ」

と、いい、ふたりをねぎらった。褒詞をあたえただけではなく、ふたりのために小宴を設け、この席に妻子と家宰とを招いた。

——家宰どのは愉しかろう。

と、士仲は家宰の表情を注視した。家宰は喜びを嚙み殺しているような顔つきをしている。宴がたけなわになったとき、華元は士仲に目をむけて、

「家宰は明年、引退したいという。後任には、士仲がよいといっている。士仲よ、職を引き継げ」

と、いった。士仲は酒器をとり落としそうになった。

「菲才、微力、魯鈍《ろどん》、この劣悪な臣が、この名家の柱石になれましょうか。華呉どのこそ、家宰にふさわしいと存じます」

そういわれた華呉は酒にむせた。

「わたしはまだ若く、行業《こうぎょう》がさだかではありません。主をお佐《たす》けする器量のかけらもありません。これからも父と士仲どのに鞭撻《べんたつ》してもらわねばなりません」

「はは——」

華元は高らかに笑った。

「呉よ、なんじは家宰になってもらわねばならぬ。ただし、わしの代ではない。閲《えつ》が家主《かしゅ》になったとき、呉が家宰になれ。それまでは士仲を輔佐せよ。士仲よ、明年から、なんじが家宰だ」

閲は華元の長子である。

急に家宰はおだやかな表情をして、士仲のまえにすわり、酒をついで、

「わしには、病死した長男がいた。親がいうのも何だが、よくできた孝子だった。そこもとは、その長男に肖《に》ている。わしはそこもとをはじめてみたときから、長男の生まれかわりだとおもってきた。主は華氏の総帥であるから、主の家を守る家宰の姓は、桓《かん》よりも華のほうがよい。わしの養子となり、呉の義兄となって、主に仕えてもらいたい。どうだろうか」

と、諄々《じゅんじゅん》といった。家宰の目がきらきらと光りはじめた。その目をみつめていた士仲も目頭に熱いものをおぼえた。

翌月、士仲は桓という氏姓を棄て、華という氏姓を得た。家宰になってからのかれは、

「華仲《かちゅう》」

と、よばれる。

楚は最盛期を迎えていた。

荘王のもとに群英が集まり、国は富み、兵は勁《つよ》い。

士仲が華仲とよばれるようになったこの年、荘王は楚の三軍を率いて北伐を敢行し、河

水（黄河）南岸の邲《ひつ》という地で、渡渉してきた晋の三軍と決戦をおこない、大勝して、覇権を得た。累代の楚王のなかで、天下の盟主になったのは、荘王が最初で最後であるといってよい。

楚の国威のすさまじさを恐れて、鄭と許《きょ》の君主はいそいで楚におもむき、陳も楚の盟下にはいった。

冬、蕭《しょう》という宋の属国を攻め潰した荘王は、

「明年、宋君が聘問《へいもん》しなければ、宋君とはよほど暗愚であるということだ」

と、重臣の巫臣《ふしん》に語った。

が、年があらたまっても、宋君どころか使者さえこない。

「先年、子重に南辺を侵寇され、去年、蕭を失ったというのに、宋君はまだ目が醒めぬのか。晋は頼りにならぬということを、おしえるしかあるまい」

夏に、腰をあげた荘王はすばやく征衣をまとい、宋に攻めこんだ。恫《おど》しである。帰途、荘王は巫臣に、

「宋君を蒙昧《もうまい》にさせているのは、右師の華元かもしれぬ。大棘の戦いで捕虜になり、鄭がわざと逃がしたのに、自分で脱出したとおもいこんでいる愚相《ぐしょう》よ。が、どれほど愚浅な大臣でも、今後何をなすべきかくらいは、そろそろわかるであろう」

と、小さな笑いをふくんでいった。巫臣は知恵の豊かな男であり、しかも王を悦ばせるだけの諛佞《ゆねい》の臣ではないので、

「仰せの通りです」

とは、いわなかった。かれはあとで子重に会い、

「宋の華元は愚相ですか」

と、問うた。子重はいちど横をむき、すこし考えてから、

「勇気はある。礼も知っている。それだけの男だ」

と、こたえた。褒めたような、けなしたようないいかたである。勇気があって礼を知っていれば、賢相ではないか。おそらく子重は荘王が華元を侮蔑していることを知って、褒めるのをはばかったのであろう。

——この公子は、楚のほんとうの重鎮にはなれぬ人だ。

と、巫臣はみぬいた。どこかで荘王に媚びているのが子重である。

華元が荘王の恫しに屈しないのはあきらかであり、当然のことながら、今年も楚に講和のための使者をよこさないであろう。宋が鄭のように首鼠両端《しゅそりょうたん》でないとすれば、たとえ楚軍の猛攻撃をうけても、たやすく降伏するはずがない。

——王ははじめて困難な戦いをすることになりはしないか。

そんな予感をもった巫臣は、宋には武ではなく徳をもって接したほうがよい、と荘王に諷諫《ふうかん》をおこなった。が、荘王はきこえぬふりをした。

――この王でさえ、欲望に目がくらみ、臣下の言をききとれぬときがある。

はじめて巫臣は荘王に失望した。

ところで巫臣は、邲の戦いで戦死した連尹襄老《れんいんじょうろう》の妻の夏姫《かき》を愛し、未亡人となったこの絶世の美女をともなって他国に亡命することを、このころから考えはじめていたとおもわれる。実際にかれが晋に亡命するのは、荘王が亡くなってからである。

巫臣が予想したように、この年も、宋は楚にたいして沈黙を守りつづけた。

――やむをえぬ。

春がすぎると、荘王はひとりの臣下を呼んだ。

「斉《せい》に使いせよ。ただし、宋を通るとき、通行許可を請うてはならぬ」

命じられたのは申舟《しんしゅう》（文之無畏《ぶんしむい》）という臣である。かれは血の気をうしなった。

二十二年前に、宋の孟諸沢《もうしょたく》で事件があった。当時、楚王は荘王の父の穆王であったが、その穆王が宋の昭公（文公の兄）と孟諸沢で狩りをおこなったとき、昭公の不手際を怒って昭公の御者を鞭打ったのが、この申舟である。かれは子舟《ししゅう》とよばれていたが、申の地の一部を采地《さいち》としてさずけられたので申舟ともよばれるようになったのであろう。

「宋には昧者《まいしゃ》が多いので、わたしはかならず殺されるでしょう」

と、申舟がいったのは、いかに自分が宋人に憎まれているかを知っているからである。むろん荘王も孟諸沢で何があったのかは悉知《しっち》している。だからこそ、申舟に酷な使命をあたえた。

「なんじが殺されれば、わしが仇を討ってやる」

ここまでの荘王は臣下に恵恤《けいじゅつ》をみせてきた。が、これは、なんじが死んでくれなければ、宋を攻められぬ、といったも同然であり、臣下を犠牲にしておのれの声誉《せいよ》を高めようとした。まだ頽齢《たいれい》とはいえぬ荘王が、かれらしくない焦りをみせたのは、名実ともに周王にまさりたい欲望が強すぎたせいであろう。楚のうるわしい時代がまもなく終わろうとしている。

——王はわたしの死をお望みか。

生きて楚に復《かえ》ることができぬとさとった申舟は、出発まえに嫡子の犀《さい》をともなって荘王に謁見した。家督相続者を荘王にみせて、自分の死後の保証を得ようとしたのである。

申舟は宋にはいった。ほどなくかれは逮捕された。

「無断でわが国を通過しようとした楚の子舟を、拘留したという報告があったが、さて、あの者をどうすべきか」

文公は華元に諮問した。

礼の章

荘《そう》王の使者である申舟《しんしゅう》は宋《そう》で拘束された。

じつはそれは、『春秋左氏伝』の記述による。楚《そ》をでた申舟が宋に到ってすぐに捕らえられたことになっている。

ところが『呂氏春秋』では、申舟は通行許可を願わずに宋の国を通過して斉《せい》へゆき、帰りも何の挨拶もせずに宋を通ろうとしていた、とある。拘束されたとは書かれていない。申舟がおこなった無礼について、文公に発言を求められた華元の見解は、『春秋左氏伝』のほうがくわしい。すなわち、こうである。

「楚王の使者が宋を通るのに、許可を願わないということは、楚がわが国を属国とみなしているせいです。属国あつかいされては、宋は滅亡したも同然です。また、その使者を殺せば、楚に伐《う》たれます。伐たれれば滅亡するのですから、どちらにせよ、おなじことです」

　楚王の使者を黙って通せば、宋は楚に隷属したことを天下に告げたようなものであり、楚に攻め滅ぼされて楚の国土の一部になった国々のありさまにひとしい。戦うことなく宋は自立を放棄したことになる。それがいやなら使者を通さないことを明示しなければならず、その明示とは使者を殺すことである。が、そうすれば宋は大国の楚にかならず征伐され、けっきょく滅ぶことになる。どちらにせよ、宋は滅ぶのであるから、使者を殺しましょう、と華元は暗にいった。

　しかし『呂氏春秋』ではそうではない。

　華元はこう文公にこたえた。

「往来するのに許可を求めないということは、宋を楚の野《や》や鄙《むら》とみなしたからです。かつて楚はわが国とともに狩りをおこない、孟諸沢《もうしょたく》において、先君の御者を鞭《むち》で打ちました。どうか、あの者を誅殺してください」

　野鄙《やひ》という語は、礼を知らない、野蛮な、という意味にもとれるので、宋という野蛮な国に礼など必要ないと楚はおもっている、とも解釈することができる。この二度の無礼はゆるしがたい、と華元がいったとおもえばよいであろう。

　むろん決断するのは文公である。

いまが楚王の挑戦をうけて立つ時宜《じぎ》ではないことは充分にわかっている。一昨年、盟主の晋《しん》が邲《ひつ》において大敗し、それ以来武威が衰え、楚との再戦を避けようとしている。宋が楚に攻められても、晋が救援の軍をだしてくれそうにない。宋が独力で楚と戦うのは自殺するようなものである。

——が、宋は礼の国である。

楚の無礼をただささなければ、宋は戦うまえに死んだ国になっている。

「どちらにせよ、宋は滅ぶか……」

と、心のなかでつぶやいた文公は、眼光に強さをよみがえらせて、

「申舟を誅殺し、楚王に礼を教えよう」

と、いった。楚と戦ってともに死のうではないか。文公が華元にいったのは、そういうことである。かつて楚軍を正面にまわして戦ったのは襄《じょう》公だけである。そのとき襄公は楚軍に礼を教え、自身は重傷を負い、翌年に歿した。他国の者が襄公を嗤《わら》おうが、宋人としては襄公の勇気は貴重である。文公もみずからの死をもって楚王の非礼を匡《ただ》そうとしている。

——称《たた》えるに足る君だ。

感動した華元は役人に命じて申舟を誅《ころ》した。揚梁《ようりょう》の隄《つつみ》で殺した、とあるのは『呂氏春

秋』で、『春秋左氏伝』には申舟の死亡場所は記されていない。

それにしても宋人の憎悪の的になっている申舟を宋にやって無礼をおこなわせ、宋人に殺させた荘王の非情さは、以前にはなかったもので、

——王はお変わりになった。

と、心のなかでつぶやいた高官はひとりやふたりではなかったであろう。ちなみに荘王はこの年から四年後に死去する。病の兆候でもあって、悁急《えんきゅう》になったのであろうか。

申舟の死を確認した華元は、稟《こめぐら》を管理している役人に、禾穀《かこく》をかき集めよ、と命じ、帰宅するや、家宰の華仲《かちゅう》に、

「楚王はなかば腰を浮かして申舟の死を待っているであろう。急報が楚にとどくと同時に楚軍はわが国を攻めるべく出発するにちがいない。家臣の全員をつかって食を集めよ」

と、いいつけた。華元の脳裡には籠城戦しかない。野天で楚軍と戦って勝てる軍は中華に存在しない。

——長期の籠城になる。

滅亡するまで戦うということは、そういうことである。

二日後に珍客があった。華元が鄭《てい》から脱出するきっかけをつくってくれた周の賈人の季《き》賀《か》である。あの年以来、季賀は華元と昵懇《じっこん》になった。

「これから王姫にご挨拶にまいります」

と、季賀はいう。

「それなら——」

華元は季賀の肩を抱くように密談をはじめた。荘王の重臣である申舟を殺したので、あと半月もすれば商丘は楚軍に包囲される。この包囲はたぶん酷烈で、宋人に多数の死者がでる。それでも文公と自分は楚軍に降伏しないであろうから、ついに餓死するかもしれない。そういう飢餓のなかに王姫をおきたくないので、周にもどるように説いてはくれまいか、と華元はいった。

「わが君と楚王は、引くに引けない戦いをすることになる。わたしは君に殉ずるが、王姫を殺したくない。王姫は勁《つよ》いかたゆえ、わたしが退去を勧めれば、かならずお断りになる。なんじの口からやわらかく説いてもらいたい」

「宋は死戦をおこなうのですか。わかりました。微力ながら、やってみましょう」

そうこたえた季賀は、この日の夕方、ふたたび華元邸に顔をみせた。苦笑している。

「まるで、だめでした。いきなり、なんじは華元にいいふくめられたような顔をしていますね、といわれてしまった。これでは、あとがつづきません」

「王姫も、わが君に殉ずるお覚悟か……」

華元は眼光を弱めた。

——太子を商丘の外にお遷《うつ》しせねばなるまい。

それをたれにやらせたらよいかを考えはじめたとき、季賀は強い声で、

「ほんとうに宋は滅亡するのでしょうか。群臣と妃妾のすべてが君主に殉じようとする国が、滅ぶとはおもわれません」

と、いった。

「礼が滅びつつある。ゆえに、宋は滅ぶ。楚王が急逝しないかぎり、宋は生きのびることはできまい」

「礼は、ひとつしかないのですか。ちがう礼はないのですか」

「礼は、ひとつだ。ちがう礼とは、非礼または無礼のことである」

礼とは人が集団で生きてゆくときの調和の表現である、というのは、じつはのちに生まれる孔子の思想である。が、孔子の誕生より四十年以上も前であるこのころの礼の概念は、人に限定されず、あえていえば宇宙の原理である。それを明確にいったのは鄭の子産《しさん》であるが、華元のいう礼は子産のそれに近いであろう。

「そういうものですか」

季賀は嘆息して、しりぞいた。

九月、楚軍は電光のごとき速さできた。

文公は援軍を請うべく晋へ急使を送った。その急使が郊外に達するころ、商丘は包囲された。翌日から四方の門で戦闘がおこなわれた。宋兵にしてはよく戦ったというべきであろう。十日経っても、ひとつの門も突破されなかった。華元は攻撃より防衛のほうが性に適《あ》っているのかもしれない。

――そんがい、てごわい。

と、おもった荘王は、連日の攻撃で疲れた兵をうしろに引かせ、城兵の弛緩《しかん》を待つことにした。が、ひとつの門でも破壊されれば宋の滅亡につながることを知っている宋兵は、気のゆるみをみせず、門を守りつづけた。

苛立った荘王は、夜中に攻撃をおこなわせたが、城門を破ることができなかった。

荘王の滞陣はついに百日を越え、年があらたまってしまった。

二月になると、魯《ろ》の使者が荘王のもとにきた。宋都が陥落すると、つぎの攻撃目標が魯の首都になりそうなので、いまのうちに楚に通じておこうというのが魯の首脳の判断であった。

籠城は百五十日をすぎた。したがってこの春、楚の盟下の国がひとつふえたことになる。

稟の役人の表情が冴えなくなった。宮中にたくわえた糧食《りょうしょく》でさえ底がみえはじめた。庶人の家ではもう食べる物がないかもしれない。そう心を痛めた文公は、

「再度、晋に援軍を頼みたい」

と、華元にいい、楽《がく》氏のなかの嬰斉《えいせい》という者を使者にえらんだ。

――晋軍はこないであろう。

宋を援《たす》ける気が晋にあれば、すでに軍を発しているはずである。楚の強さにおびえている晋は、おそらく宋を見殺しにする。晋の援軍を待つ気持ちは、華元にはいっさいない。楽嬰斉が商丘をでて楚軍の陣をたくみにすりぬけて、晋にむかって走りはじめたころ、華元は王姫と面談していた。

「吉《よ》いお報せを持参できぬのが残念です」

華元はゆるやかに頭をさげた。

「君も卿も、死ぬつもりではじめた戦いでしょう。いまさら吉報があろうとはおもわれません」

王姫という人はついぞ憔悴《しょうすい》を他人の目にさらしたことがない。ここもおなじで、王姫にはふしぎな生気があった。

――宋の危急をはらいのけるのは、この人を措《お》いてほかにいない。

そういう目で華元は王姫をみた。

「あと二月で、宮中に食べ物がなくなります。糜粥《びしゅく》でしのいだとしても、殞殪《いんえい》が一月延びるだけです。すなわち三月後には、宋の公室は殫亡《たんぼう》する。これは君を輔相《ほしょう》している者として、どうしても避けたい。はじめは太子を都外に逃がすことを考えましたが、君のお許しを得られそうにないので、君のご意向をうかがわずに断行できることがひとつあると存じ、王姫のご諒解を求めにまいりました」

「どういうことですか」

王姫の声は冷静である。

「わたしを斬っていただきたい。申舟を殺した者を誅し、屍体を楚王に送り、包囲を解いてもらう。これができるのは、あなたさましかいない」

「なるほど、それはよい考えですね」

王姫は眉ひとつ動かさなかった。

「ただいま楽嬰斉が晋へ駛《はし》っておりますが、晋軍はこないでしょう。あなたさまのご決断が早ければ早いほど、君と国民の苦しみは早く終わります」

「卿《けい》を斬るのは、使者が復《かえ》ってきてからでよい。あと二月、苦しみましょう。苦しむことは、生きているということです。苦しみが終わるということは、死ぬということです。卿を斬って、苦しみが終われば、わたくしも死ぬ。ということは、卿の策は最善の策ではない」

はじめて王姫は幽《ほの》かに笑った。

宮室をでた華元は、考えつづけた。

君と王姫、それに自身、さらに都内の人臣を活かすためには、どうすればよいのか。滅亡してもかまわぬとおもってはじめた戦いである。が、中華最強の楚軍を相手に宋兵ほど善《よ》く戦った兵はいないとおもえば、その意義を滅亡によって消去してしまうことが惜しくなってきた。隣国の鄭の首都は、三年前に楚軍に包囲されたとき、百日以内に開城している。初夏を迎えるまで宋が楚に降伏しなければ、籠城日数は二百を越える。

――あと二月苦しめば、何かがみえてくるのか。

華元は目をあげた。天空に光るものがある。白い鳥が飛翔していた。宮門をでてから、ふたたび天空をみあげた。白い鳥はまだ宮殿のはるかうえで旋回していた。

――あれは成公の霊かもしれぬ。

成公は文公の父である。成公は自分の子の文公が苦難にさらされているのを、いたましげに見守っているのかもしれない。そうおもった華元は、帰宅するや廟室に籠もった。父と対話したくなったからである。が、きこえてきたのは王姫の声ばかりであった。

晋に急行した楽嬰斉は、晋君の景公に窮状を訴えた。ただちに援軍をだしてくれなければ、宋の全滅は必至である。

「わかった」

と、使者をかえした景公は、すかさず大臣に出兵を命じた。が、大夫《たいふ》の伯宗《はくそう》に諫止《かんし》された。いま天は楚に力を授けており、いくら晋が強くても天にそむいてはならない、といわれたのである。さらに、

――国君垢《こくくんはじ》を含《ふく》むは、天の道なり。君それ之《これ》を待て。(『春秋左氏伝』)

と、いわれた。恥をしのぶことこそ、天の道にかなっている。楚の力が衰えるのをお待ちください。

――宋を見殺しにするのか。

景公はくやしかったであろう。が、晋と楚の力の差は歴然としている。援軍をだしても宋を救えそうにない。それどころか、またしても大敗北しかねない。盟主としてできることは、宋をはげますことだけである。そこで景公は大夫の解揚《かいよう》に、

「宋にゆき、晋の全軍が出発し、まもなく到着する、とつたえよ」

と、命じた。宋が楚に降伏してしまうと、晋の盟下に、これといった国がみあたらなく

なる。そういうみすぼらしい将来を景公は恐れた。これは苦肉の策である。

「うけたまわりました」

解揚は豪快な男である。なるべく早く宋都に着くために、楚の同盟国である鄭を横断することにした。鄭の地形は起伏がすくない。馬車で走行するに適した国である。むろんかれは邑に泊まることを避け、夜には馬車を森林のなかにいれてねむった。ついでにいえばこのころの中華には森林が多い。緑の豊かな大地であったのである。多量の木が伐採されて、草地や砂礫《されき》の地にかわるのは、人口が急増し、重工業がさかんになる戦国時代の初期からである。

解揚は急いだ。ついに草地を疾走する

馬車が鄭人に目撃され、怪しまれて、鄭兵に追撃された。解揚は肝の太い男であるから、いちどふりむいて、

「鄭兵に捕らえられるわしか」

と、うそぶき、たくみに木立をえらんで追跡をかわそうとした。怪しい馳車《ちしゃ》を追っていた鄭兵は、

——あれは、もしかすると、宋か晋の密使かもしれぬ。

と、気づき、宋国に逃げこまれるまえに捕らえようと必死になった。この必死さが解揚のゆとりにまさったというべきである。豪勇を誇る解揚に慎重さが欠けていたともいえる。鄭兵は、解揚が国境を越えるまえに、包囲して捕縛した。

「これは晋の解揚ではないか」

と、鄭兵のひとりがいった。十四年前に、晋の趙盾《ちょうとん》が諸侯の軍を率いて鄭を攻めようとしたとき、鄭を救援した楚将の蔿賈《いか》が、北林《ほくりん》において連合軍を撃破した。そのとき晋の勇者として楚兵を苦しめたのちに、捕獲され、鄭に引き渡されたのが解揚であった。そのころ解揚の名をおぼえた鄭人はすくなくなかった。勇気のある者は敵国にあっても尊敬されるということである。まもなく解揚は、捕虜交換によって、晋にかえされた。それはそれとして、ふたたび捕虜となった解揚は、いちど鄭都に檻送《かんそう》されたのち、楚軍の本陣へ送ら

れた。鄭の君主である襄公と宰相の子良《しりよう》は、晋君の密命を帯びているらしい解揚にふれることを畏忌《いき》し、荘王に処置をあずけた。

――これが解揚か。

剛直さそのものの面がまえをみた荘王は、解揚を大夫としてもてなし、賂遺《ろい》をおこなって、

「晋軍はこない、と城を守っているものに告げてもらいたい」

と、いった。

「ことわる」

解揚は横をむいた。荘王はおなじことをさらに二度いった。ふたたびことわった解揚は、ついに承知して、楼車《ろうしゃ》に登った。

「宋のかたがた――」

解揚は豊かな声でよびかけた。このあと解揚はもののみごとに荘王の頼みをなげうった。

「晋軍はすでに出発し、まもなく到着しますぞ。あとすこしの辛抱です。楚軍に降伏してはなりません」

城壁のうえの兵が歓声をあげ、両手をあげた。

――おのれ、解揚め、だましたな。

嚇《かっ》とした荘王は解揚をひきずりおろさせ、剣をぬいた。

「なんじはわしと約束しておきながら、そむいた。なにゆえか。わしには信があった。なんじは信を棄てた。すみやかに刑罰をうけよ」

そういわれて解揚はすこしも駭慄《がいりつ》しなかった。

「君が正しい命令をだすことを義といい、臣下が君命を奉じておこなうことを信といいます。信に義を載《の》せておこなうことが利です。謀《はかりごと》において利をうしなわず、社稷《しゃしょく》を衛《まも》ろうとするのが、民の主《あるじ》というものです。義に二信なく、信に二命なし、とわたしはきいている。楚君がわたしに賄賂《まいない》をなさったのは、君主の命令がいかなるものであるかをご存じないからだ。命令をうけて出発すれば、死んでもその命令を棄てません。賄賂ごときで命令を棄てましょうか。わたしが楚君と約束したのは、命令をはたそうとしたからであり、死んで命令をはたせるとしたら、わたしは幸いです。わが君には信を守る臣がいる。君命をはたし終えて死ぬのであれば、これ以上何を望みましょうか」

剣をもつ荘王の手がわずかにふるえた。

——憎いことをいう。

とくに、

——君の臣に賂《まいな》うは、命を知らざるなり。

というとばに、胸をえぐられた。しばらく解揚を睨《にら》みすえていた荘王は、眼光を弱め、剣をおさめて、

「晋へかえしてやれ」

と、左右の者にいった。この一事で荘王は衆望をうしなわずにすんだといえる。


都内に活気がよみがえった。

多くの人臣が、かならず晋軍が到着すると信じた。

楼門に登った華元に随《したが》っていた華仲は、近くに人のいないことを目でたしかめたあと、

「晋君の使者が叫んだことは、虚言でしょう」

と、低い声でいった。

廓寥《かくりよう》のむなしさが頭上にひろがっている。

「たれも、こぬ」

華元の声はそのむなしさに融《と》けた。

「こない援兵を待ちつづけるのですか」

「そういうことだ」

「あと数日もすれば、群臣も都民も、晋に誒《いつわ》られたことを知ります」

すでに三月末である。昨年の九月から、楼門に登って眼下にみえるのは楚軍の陣ばかりである。四季の変化がふみにじられた光景である。

「楚の三軍が百八十日以上、ここに滞陣しているのに、本国では寇擾《こうじょう》がない。楚はたいしたものだな」

「わが国も、楚に内通する者がでない。たいしたものではありませんか」

「気のきいたことをいう」

華元は弱く笑った。宋兵は楚兵を苦しめているといえるかもしれないが、宋兵の苦しみのほうが大きい。こうなるまえに晋との同盟を棄てて楚に趨《はし》ればよかったのか。礼などという抽象的なものにこだわってきたことが愚かなのか。

「楚に礼があるとおもうか」

「ありません」

「晋はどうだ」

「趙盾が亡くなってからは、どうでしょうか」

華仲の評には、辛《から》さがある。

「楚と晋は、何をもって国威を保っているか。武力か――」

「そうでしょう。両国とも、罪もない小国を滅ぼしつづけて、ここまで大きくなったのです」

「わが国に罪はあるか」

「申舟を殺したことが、それにあたるといえば、あたります」

「無礼をとがめたことが罪になるのであれば、罪人はわたしひとりでよいとおもったが、王姫の許しを得られなかった」

「えっ――」

華仲の顔色がわずかに変わった。

「王姫はたやすくわたしを死なせてはくれぬ」

「王姫御自身が、何かをなさるのでしょうか。秘策のようなものを、お持ちなのでは――」

「そうではあるまい。王姫は周王の御息女であり、楚軍に傷つけられた襄公の夫人である。楚に怨みがあるし、負けたくないという勁いおもいがあろう。王姫こそ、楚に屈することなく、ほんとうに死のうとしている」

王姫は宋の国のなかでもっとも誇り高い人である、と華元はおもっている。

「主は、どうなさるのですか」

死に場所をさがしているような華元に、おき去りにされてはたまらない、と華仲はおもう。後事は華呉《かご》に託せばよい。

「わからぬ。が、このまま餓死することになれば、宋の民を苦しめたのはわが君であるということになってしまう。わが君が第二の紂《ちゆう》王になるのを避けたいだけだ」

華元としては、死ぬまで文公を名君にしておきたい。国を滅亡させた君主が後世あざけられるのは、歴史のつねである。悪名は自分がかぶればよい、と華元は肚をすえている。


四月になり、都内に餓死者がでた。

それでも文公と華元を非難する者はひとりもいない。商丘は謐々《ひつひつ》と死へむかっているようである。

宋の民族は異姓の民族にかこまれて生きてきた。中華のなかで同姓の国をさがすのはむずかしい。宋の国民は孤独に馴れている。宋を扶《たす》けてくれる民族はどこにもいないという認識が国民にも染みている。周の民族が台頭してくるまえは、宋の民族の先祖である商の民族が天下を支配していた。そういう誇りが、他の民族に降伏するという卑屈さを、宋の国民にえらばせない。かれらはついに四月も耐えぬいた。

当然、楚軍の滞陣は二百日を越えた。

「信じがたい君臣と民だ」

商丘をみあげた荘王は、根負けしたというべきである。莫大な軍資がここでついやされたにもかかわらず、たいした成果はない。さらに滞陣をつづければ国力がおびただしく低下してしまうことはあきらかである。兵とは民なのである。すでに五月であるから、農稼《のうか》のときは逸している。秋の収穫量は半減するであろう。刈りいれのときに人手がなければ、禾穀《かこく》は放置されて腐ってしまい、収穫量はさらに落ちる。それをおもえば、もはや兵を農圃《のうほ》に帰さなければなるまい。

「帰る――」

と、荘王はあえて感情の色をあらわさずに諸将にいった。

楚軍は包囲を解き、撤退をはじめた。それを知った文公と華元はいそいで楼台に登った。

「なるほど、まことに、楚軍は引き揚げはじめた」

文公は喜びのあまり落涙しそうであった。長い籠城が今日か明日には終わる。

「楚王は去ったとみせかけることをします」

かつて鄭の首都を攻めた荘王が巧妙な攻略をおこなったことを知っている華元は、そういおうとしたが、文公の感動の烈しさをみては、冷えた言を吐くことができなかった。

都内の民もようやく気づいたようで、あちこちで歓声をあげるようになった。まもなくほとんどの民が家の外にでて、喜びを身ぶり手ぶりであらわした。

文公が楼台からおりてからも、華元の目は冷静に撤退のようすを見守っている。

城兵の出撃を警戒して、子反《しはん》配下の一軍だけが陣を崩していない。最初に動いたのは子重《しちょう》配下の一軍で、その兵馬の影が遠ざかったのは真昼であった。万を越える兵が移動するのである。すみやかにはいかない。

——つぎは、楚王のいる中軍か。

華元は身じろぎもしないでみつめている。

ようやく中軍が動いた。が、ほどなく停止した。

——何があったのか。

華元は胸騒ぎをおぼえた。荘王の周辺で小さな異変があったようにみえる。荘王は屋根つきの兵車にいるはずであるが、旒旗《りゅうき》によってそれがかくされている。

実際、華元の目のとどかぬところで、ひとりの臣が地にひたいをつけて、荘王の兵車を停めていた。

華の章

引き揚げようとする楚《そ》の荘《そう》王のまえで稽首《けいしゅ》したのは、申舟《しんしゅう》の子の申犀《しんさい》である。

「父の無畏《むい》は、死ぬと承知していながら、あえて王命をはたしました。王はお誓いになった言をお棄てになるのですか」

地から剥《するど》く声が立ち昇った。

たしかに荘王は、

「なんじが殺されれば、わしが仇を討ってやる」

と、申舟に誓言をあたえた。しかるに荘王は商丘を攻めあぐねて帰途につこうとする。その不実を申犀はなじった。

荘王は答えに窮した。

撤退命令をだしたあとである。撤退をとりやめれば、威信に傷がつく。王の命令とは、朝令暮改であってはならない。

黙ったまま申犀をみおろしている荘王をみかねて、御者をつとめていた申叔時《しんしゅくじ》という賢臣が、

「いったん引き揚げて、宋の郊外に室《いえ》を建て、そこにおもどりになって耕作をつづければ、宋はかならず王の御命令に従いましょう」

と、ひそやかに進言した。

巧妙な撤退である。

荘王がその言を容《い》れたことにより、楚の三軍は商丘をあとにした。楼台の上にいた華元は最後の一兵がかなたに消えたとき、

――終わった。

と、実感した。が、念のため偵騎を放った。

この夜、文公は昂奮し、華元をはじめ重臣たちをくりかえしねぎらった。都内にも安堵の空気がながれていた。ところが翌朝、帰ってきた偵騎は、楚軍の反転を報告した。あろうことか、楚兵は郊外に舎宅《しゃたく》を建てはじめたという。

――楚王とはそういう人だ。

まだ楚軍は去らない。楚兵は越年してもよいように、野を耕して田圃《でんぽ》にし、宋都の人々

が死に絶えるまで待とうとする。さすがに華元は気落ちした。すぐさま文公に報せたところ、文公の落胆は華元より激しかった。

翌日には、楚兵が郊外に巨大な屯営《とんえい》を造っていることを都民が知り、処々《しょしょ》で嘆声を揚げた。

城壁に迫ってくる楚兵はひとりもいないので、門をすこしひらき、食糧を運びいれることができるようになったが、このまま秋まで耐乏生活をつづける気力が人臣にうせはじめたことはたしかであった。

文公は憔悴《しょうすい》した。

「華元よ、わしは楚王に礼を教えたであろうか」

「充分に――」

「楚王からは何を教えられたか」

「何も、ありません」

「そうであろうか。引くことは押すことにまさる、と教えてくれたのではないか」

「そのようなことは、君はすでにご存じです。先君は押して失敗し、君は引いたゆえに国王の位に即《つ》き、治世を得られた」

「そういうことか……」

「礼のなかには、押すことと引くことがふくまれています。楚王は戦術においては駆け引きができますが、人事や外交においてはどうでしょうか」

「楚と宋は押しあった。おもいがけず、楚王に引かれて、宋の国歩は蹌踉《そうろう》となった。わしも引くしかない」

「楚王とお盟《ちか》いになりますか」

「ふむ……、が、城下の盟いだけは、死んでもせぬ」

城下の盟いとは、全面降伏のことである。楚王の臣下になりさがるのであれば、死ぬ、と文公はいったのである。

「君が、宋の君主として楚王と盟うかたちであれば、よろしいのですか」

「できるか」

「できなければ、わたしが先に冥界《めいかい》へゆき、君をお待ちすることになるでしょう」

文公に意地があるように荘王にも、軽々《けいけい》たる降伏を受納せぬという硬性《こうせい》があろう。文公の使者は斬殺されるかもしれず、申舟の無礼をとがめたのが華元であると荘王がおもっているのであれば、楚軍の本陣にむかう華元は生きて復《かえ》ることができまい。

「待て、なんじが先に逝《い》っては、太子を佑《たす》けてくれる者がいなくなる。ほかの卿《けい》を遣《や》ることにする」

「君よ、これはわたししかできません。ほかの大臣の屍体を郊外の野にさらしてはなりません」

と、華元は強い口調でいった。

「くどいようだが、なんじに死なれては、わしも太子も困る」

心からの声である。

「死にはいたしません」

と、いって退廷した華元であるが、自分の生死は天にある、とおもっていた。荘王に会いにゆけば、かならず死ぬ。しかしながら、荘王の赦しを得なければ、楚軍を引かせることも会盟を成立させることもできない。

——さて、どうするか。

帰宅した華元は廟室にはいり、長時間沈思していた。夏の宵である。夜がふけるにしたがって、さわやかさがました。

廟室からでた華元は、闇のなかにすわっている華仲《かちゅう》に気づいた。炬火《きょか》をむけると闇が破れ、憂色そのものの華仲が浮かんだ。

「月はでているか」

「すでに——」

「天も地も暗いが……」

「雲が多く、月は明滅しています」

「そうか、では、明滅する路をゆくことにしよう」

「どこまでゆかれますか」

華仲の声が固くなった。

「楚の子反《しはん》の舎宅までだ」

子反は楚の右軍の将である。かつて華元は宋を侵した楚軍の将であった子重《しちょう》に酒を贈ったことがあるので、ひそかに子重と会見したかったが、子重は左軍を率いて帰国したようなので、子反を説くしかない。子反は子重より性質が悍《あら》いという風評がある。

「従者は、どうなさいますか」

「なんじだけのほうがよい。楚兵にみつかれば、死ぬ。死んでは君命をはたせぬので、ふたりだけでゆく」

華元にはこういう度胸がある。

楚兵に気づかれず、子反の舎宅にたどりつくのは、奇蹟に近いことであるが、華仲にはためらいも恐怖もなかった。

——いっしょに死のう。

と、華元がいってくれたのだと理解した。

門衛にしずかに門をあけさせた華元と華仲は、月下に立った。

天空には雲のながれがあり、遠い野は明滅している。

丘をくだると足もとが闇になった。

「炬火を灯さずに、ゆるゆるとゆこう」

華元はいそがなかった。夜が明けるまえに子反に会えればよいのである。楚軍の陣があったところは、足もとが悪い。数万の兵が土を掘って竈《かまど》をつくった跡である。陣を払うとき井戸を埋めるのがつねであるが、埋められていない井戸が残っていると、顚落死の危険がある。切り株だけの林がある。木はすべて薪樵《しんしょう》に変わった。見通しのよいところでは、這《は》うようにすすんだ。

遅々《ちち》たる密行であったが、月が傾くころ、終わりに近づいた。

ふたりは広く深い溝を越えて、大集落のなかにはいった。子反の舎宅はわかりやすかった。ひときわ喬《たか》く大きいのである。哨戒《しょうかい》の兵には遭わず、見張り台の上の炬火は遠かった。

ふたりは絶好の進入路をえらんだことになる。

——天祐があった。

華元と華仲は同時にそう感じた。

子反の舎宅は夜の風が通りぬけるように入口も窓もあいている。そのひとつひとつが幸運のあかしであった。入口付近に兵の影はない。

「ゆくぞ」

音を殺してなかにはいったふたりは、頭上に、牀《しょう》をみた。荒々しい寝息がふっている。

粗製の梯子をゆっくり登った華元は、枕頭で華仲が短剣をぬいたのをみてから、子反を起こした。

「しっ、おしずかに――。お噪《さわ》ぎになると、おいのちをいただくことになります」

華仲の短剣が子反の首すじにあたった。

「なんじは……」

「さよう、宋の華元です。わが君に宋の窮状を告げよと仰せつけられました。弊邑《へいゆう》では、民は子を交換して食べあい、死者の骨を折りくだいて炊事をしています。しかしながら、城下の盟いは、国が滅亡しても、できかねます。どうか三十里引いていただきたい。さすれば、楚王の御命令に従いましょう」

「王の御意向をうかがわねばならぬ」

「子反どの、わたしは貴殿と刺し違えるつもりできたのです。わたしが死ねば、貴殿も死ぬ。しかしさいわいなことに、わたしは貴殿の生死をにぎることができた。楚王の御意向をうかがうのなら、他の楚将でもできます。貴殿を刺しつらぬいて、他の将のもとへゆきましょうか」

こういうときの華元には迫力がある。ぞっとした子反は、

「わかった。かならず、王の御肯諾《こうだく》を得る」

と、舌をもつれさせながらこたえた。

「盟っていただけますな」

「盟う――」

「さすがに子反どのだ。楚軍が三十里退いたら、わたしが人質になります」

「それなら、この講和は成りやすい」

すくなからず子反もこの滞陣に厭《あ》きていた。百日をすぎて城を落とせない場合は、退去するのが戦いの法というものである。二百日をすぎての滞陣に意義を見失いかけている。

華元と華仲が去るや、すぐに子反は着替え、配下を起こし、楚王の室《いえ》にむかった。途中で夜の色が消えはじめた。

――あれが華元か……。

夜が明けて日が昇ったとき、楚軍が三十里引かなかったら、ほんとうに宋は滅亡するま

で開城しないであろう。そういう頑強さを華元から感じた。

おなじころ、商丘に近づいた華元と華仲は、殺伐とした青黒い土のうえを歩いていた。

「主が人質になれば、楚王に殺されましょう」

「いや、楚王はわたしを殺すまい。晋君《しん》の使者を殺さなかった王だ。わたしを殺せば、せっかくの徳が薄くなる」

「そうでしょうか」

華仲の不安は消えない。


早朝に、華元は復命した。

「まことか――」

さすがの文公も華元の放れわざに半信半疑であった。たったひとりの家臣を従えて、夜中、楚将の子反に会ってくるようなことができたのであろうか。

真偽をたしかめるために、文公はみずから楼台に登った。

「おお――」

かなたに煙塵《えんじん》が立ち昇った。楚軍はほんとうに三十里引くのか。それを司馬に確認させようとした。そのあいだ華元は、文公のねぎらいの心のこもった食事をとっていた。

兵が三十里引くには一日かかる。夕《よる》まで待たねば、正確な報告に接することはできない。

楼台からおりた文公は、

「楚軍は引いているようである。今日中に楚軍が三十里引けば、明日わしは一軍を率いてここをでる。楚王との会盟は明後日以降になる。ところで、人質は、なんじでなければならぬのか」

と、愁眉をみせた。

「子反が盟いを守ったのであれば、わたしも守らなければなりません」

「なんということだ。楚王はなんじを殺すであろう」

「楚王は宋を降《くだ》すために、申舟を殺したのであり、申舟が殺されたがゆえに、宋を降そうとしたのではありません。いま君が楚王と盟えば、楚王は望みをはたしたことになります。楚王が会盟後にわたしを殺せば、楚王と盟う諸侯はいなくなるでしょう」

これが華元の洞察力というものであった。

楚軍はきれいに三十里引いた。

翌朝、文公と華元は一軍を従えて商丘をでた。これによって宋と楚は盟約を結ぶことになった。楚の荘王は宋を盟下におさめることによって、霸業を完成させたといえなくない。むろん荘王は人質の華元を殺すような愚をおかさなかった。しかしながら、不安の消えぬ

文公は楚の重臣に使者を送って、

「公子囲亀《いき》と交替させたい」

と、懇請し、ついに華元をとりもどした。ところで公子囲亀は、あざなを子霊《しれい》ということはわかっているが、文公の子であるかどうかは不明である。かれが公族のひとりであることは、いうまでもない。

長い籠城戦であった。

文公が荘王に屈したというかたちをみせずに、この戦いを終わらせたのは、華元の殊勲であろう。けっきょく宋は晋との盟約を破棄し、楚の盟下にはいったが、諸侯は援軍をださなかった晋に不実を感じ、宋の信義に驚嘆した。

――こういう国があったのか。

企望《きぼう》したことをことごとく成功させてきた荘王は、この長すぎた滞陣に、頓挫《とんざ》に近いものを感じた。武力には限界がある、とさとったといってよい。以後、亡くなるまで、荘王はめだった武威をふるわなかった。

なるほど宋は信義を尊重する国である。荘王が亡くなっても、すぐに晋へ趨《はし》るということをしなかった。宋が楚から離れるのは、文公の死がきっかけとなり、文公の死の翌年である。すなわち五年半のあいだ、宋は楚の下にいることになる。

楚から帰ってきた華元は、文公の厚情に謝辞を献じたあと、王姫のもとに挨拶に行った。公子囲亀との交替は、王姫の強い示唆《しさ》があったからであろう、とおもったのである。

「宋は滅亡せず、君は肉袒負荊《にくたんふけい》することはありませんでした。君は国を挙げて大国の理不尽を匡《ただ》したのです。宋は国を挙げて大卿でなければ、できぬことでした。なんじが上じが国と君の名誉を同時に高めたのです」

この亢直《こうちょく》な貴女が、華元にむかって頭をさげた。

依恃《いじ》しあってきた君臣に別れのときがきた。

文公が危篤になったのである。

君主が重態であると知って、群臣ばかりでなく都民も愁眉を寄せあった。

痩《や》せこけた文公は枕頭に華元を招くと、

「なんじには、あらためていうことはない。わしが死んでも、なんじの耳には、わしの声がきこえるであろう。懸念といえば、殉死のことだ。西方の覇者であった秦《しん》の穆《ぼく》公は、殉死者をだしたことで、死後非難された。わしが死んでも、殉死者をだしてはならぬ。固《こ》を佐《たす》けてくれ。凡庸な父からは凡庸な子しか生まれぬ」

と、急にたかぶりをみせていった。

「かならず仰せの通りに――」

と、華元がこたえると、安心したように文公は目をつむり、もはや口をひらかなかった。固は文公の太子の名である。その日から数日後に、文公は逝去した。八月のことである。

宮中は哭悲《こくひ》に満ち、やがてその哭悲は都内にしみでた。

――良い君であった。

こういう名君とともに宋の一時代をつくったという誇りが華元にはある。名君中の名君であったと華元は強く意《おも》う。どこの国に文公ほどすぐれた君主がいようか。宋は小国であるが、君主の爵位は、楚王より、晋君よりも上である。

――文公の懿徳《いとく》を天下に知らしめてみたい。

そのために選んだ手段が、

「厚葬《こうそう》」

というものであった。盛大な葬儀である。生前の文公は奢侈《しゃし》にはしったことはいちども
ない。かといって、みずからが質朴《しつぼく》にすぎると人臣が迷惑するといい、極端な倹約はおこ
なわなかった。文公とはそういう君主であった。一生に一度の贅沢をさせてあげたい、と
いうのが華元の真意である。

葬儀のまえに、続々と殉死者がでた。

「殉死してはならぬ。文公の御遺命である」

と、華元が群臣につたえても、なお殉死する臣があった。

「有能な臣下が死んでゆくのは悲しむべきことであるが、そのことで文公を非難する者が
いれば、その者は君臣の情というものがわからぬのだ」

と、華元はいい、殉死者を、文公の棺槨《かんかく》がおさめられた地中の室の近くにならべた。

宋は文公の子の共公《きょう》（固）の時代になった。

喪を除かぬうちに、王姫が亡くなった。

「さて、困った」

と、華元は華仲にいった。

「王姫の葬儀のことでございますか」

「ふむ、王姫は襄《じょう》公夫人であるから、当然、襄公の陵に墓所を合わせる。しかし王姫はそれを望んでおられたか」

「王姫がほんとうに愛していたのは、襄公ではなく文公であった、とおっしゃるのですか」

「わたしにはそうおもわれてならぬ」

「王姫が嫁入《かにゅう》なさったとき、王姫は童女といってよい夭《わか》さでしたから、襄公の良さがおわかりにならなかったのではありますまいか。ただし、王姫の生きかたを拝見しますと、襄公の御遺志をはたされたようです。ちがいますか」

「仲や、よくみた。王姫は襄公に生かされた。すなわち王姫をほんとうに愛していたのは襄公ということだ。王姫を襄公のもとへお送りするのが、わたしのつとめであろう」

華元は王姫を襄公の陵に合葬した。

さいごに華元がおこなった偉業についてふれておかねばならない。

たしかにこれは偉業である。

きっかけはおもいがけないところにあった。

文公が亡くなった年の翌年を共公元年とすると、共公七年に、晋君（景公）が武庫を視察した際、南方の者しかかぶらない冠に目をとめた。その冠をかぶっているものは、鍾儀《しようぎ》という楚人で、鄭《てい》から献上された捕虜であった。

鍾儀が楚の楽人であることを知った晋君は、琴をあたえて南方の音楽を奏させた。その前後に二、三の問いをおこなった。鍾儀の答えがまことに謙虚であると感じた晋君は、返答の内容を大臣である士燮《ししよう》に語った。即座に士燮は、

――楚囚《そしゆう》は君子なり。

と、いった。さらに士燮は、鍾儀を帰国させて晋楚両国の和睦をおこなわせるべきです、と進言した。士燮の父の士会《しかい》は用兵の天才といってよい人であったが、晩年の士会は人と争うことの無益さを痛感したらしく、士燮の厭戦思想はその延長上にあるとおもってよいであろう。とにかく、晋君は士燮の進言を容れ、鍾儀を釈放して楚に帰した。

晋君の意を汲んだ鍾儀は、楚の共王を説いた。

――楚はあえて晋と争いたいわけではない。

と、おもっている共王は、和睦への道をさぐらせるために公子辰《しん》を晋へつかわした。これは南北の超大国がおこなった和平交渉の第一歩である。

交渉は進捗《しんちょく》した。

翌年の春に、晋君は大夫の糴茷《てきはい》を楚に遣《や》った。ところが、この使者が復命しないうちに、晋君が死去してしまった。和睦の推進者が亡くなったので、交渉は頓挫せざるをえなくなった。

——そこまで行って、つまずくとは……。

と、残念がったのが華元である。晋と楚が和睦すれば、中原《ちゅうげん》が焦土と化す危険が去るのである。華元は一年半のあいだ晋と楚の動向を見守ったあと、楚へ往《ゆ》き、令尹《れいいん》の子重に会って、

「つぎの使者をひかえておられるようですが、わたしがかわりに晋へゆきましょうか」

と、いった。この和平交渉をしかけたのは晋であり、楚はあくまでうけて立つというかたちを保ちたい。交渉に熱心さをみせることは晋の下風に立つことになりかねない。子重の意中を推察した華元は、楚の面目に配慮したいいかたをした。

華元は楚の臣ではない。

宋という第三国の宰相が奔走するのは、楚にとって迷惑ではない。

「わしからは何ともいえぬ。随意になされよ」

この子重の言をうけて華元は晋へゆき、執政の欒書《らんしょ》に会い、

「晋と楚が和睦するのであれば、わたしは何度でも両国間を往来します」

と、真摯さをあらわにした。華元ほど平和を熱望している宰相はいないであろう。晋と楚が戦いを熄《や》めぬかぎり、中華に平和はないのである。このおもいの激しさが欒書をも打ち、ついに翌年（宋の共公十年）の五月に、宋の西門の外で晋と楚が盟いを交わすという歴史的慶事を実現させた。これが偉業でなくて何であろう。

華元は、共公が死去して平公（共公の子）が立っても、なおも宰相であり、その名は平公の三年まで確認することができる。おそらく華元の歿年は、平公の四年（紀元前五七二年）であろう。以後、華氏の家は、家主が華閲《かえつ》で家宰が華呉《かご》となり、このふたりで運営されることになる。

華仲はどうしたであろうか。

殉死はせず、年に一度は顔をみせる周の賈人《かじん》である季賀《きか》と、王姫や華元の憶《おも》い出を語りあったのではあるまいか。

あとがき

宋という国がいつ建てられたのかは、正確にはわからない。むろんその建国は、周王朝が天下を経制するようになってからである。

建国をおこなったのは商（殷）王の子孫と遺民である。だが、なぜかれらは国号を宋としたのか。白川静博士の『字統』には、

——宋は亡殷の後であり、亡国の社の上に屋根を作る例によって、その社樹に屋した形が宋であるという説もある。

と、書かれている。それなら商の遺民は自分たちで国号を選んだのではなく、周民族が侮蔑をこめて呼んだ国号をうけいれざるをえなかったのではないか。ふしぎなことに、この宋という単語は、普通名詞や動詞などに転用されることなく、国名として佇立《ちょりつ》しつづけた。

宋は、戦国後期に、斉《せい》に滅ぼされるまでつづく。この国に生まれて、もっとも有名にな

った人物といえば、荘周《そうしゅう》（荘子）であろう。いうまでもなく荘周は戦国期の人で、道家《どうか》の大家である。というより中国が世界に誇りうる哲学者のひとりであるといったほうがよい。かれの思想は、魯《ろ》で生まれた儒教とはあきらかにちがい、弱者の立場から発せられている。かれの説話は荒唐無稽のようでありながら、他国が喪《うしな》った伝説をふまえており、諧謔の色づけもあり、そうした陽の面を裏返せば、深い哲理の底にどうしようもない哀しみがあるようである。わたしは『荘子』を読みながら、宋人というものを考えつづけてきたような気がする。

さて、華元を描いたのは、この小説がはじめてではない。『夏姫春秋』に華元を登場させた。そのとき、華元のおもしろさに気づいた。こういう性格の宰相は、春秋時代を通して、どの国にもみあたらない。かれは闘争の場裡には、けっしてさきに踏みこまない。それでいて宰相でありつづけ、天寿をまっとうしたのは、奇蹟とよんでさしつかえないのではないか。王姫ともよばれる襄公夫人も、ふしぎな人である。そういう鬼才にはさまれると、文公という英邁《えいまい》な君主が凡庸にみえるのもおもしろかった。

ところで『オール讀物』編集長の鈴木文彦さんから、中編小説をたのまれたのは、いつのことか忘れるほどまえのことで、それ以来、気にしていたのだが、そのための筆を執れなかった。中編がだめなら短編はどうですか、といちどもいわなかった鈴木さんは、さすがに作家というものがわかっている。短編はいっそう書きにくい。連載をすべて中断しなければ書きだせない。つまり、外の音を遮断して、その一作に集中して書くのが短編である。中編はそれほど厳粛な空気感を必要としないが、それでも明確な核が要る。悩んだあげく、連載にしてもらった。羽鳥好之さんに担当してもらったところ、かれの熱気がつたわってきて、小説の体温が上昇したような気がする。連載が終われば、萬玉邦夫さんにまかせるだけである。最近気づいたことであるが、萬玉さんがつくる本には特徴がある。本が立つ、ということである。

宮城谷昌光

平成十二年一月吉日

初出誌　『オール讀物』　平成十年十月号より
平成十二年十月号まで

略歴／一九四五（昭和二十）年、蒲郡市に生まれる。早稲田大学文学部英文科卒業。九〇年、「天空の舟」で直木賞候補、九一年同作で新田次郎文学賞受賞。同年、「夏姫春秋」で直木賞を受賞。作品として他に「王家の風日」「侠骨記」「孟夏の太陽」「春の潮」「花の歳月」「重耳」「晏子」「孟嘗君」「沈黙の王」「玉人」「長城のかげ」「楽毅」「青雲はるかに」「太公望」などがある。

華《か》栄《えい》の丘《おか》

平成十二年二月二十日　第一刷

著　者　宮《みや》城《ぎ》谷《たに》昌《まさ》光《みつ》

発行者　和田　宏

発行所　株式会社　文藝春秋

東京都千代田区紀尾井町三－二三

電話（〇三）三二六五－一二一一

印　刷　凸版印刷

製本所　加藤製本

定価はカバーに表示してあります。
万一落丁乱丁の場合は送料当方負担でお取替え致します。

ISBN4-16-319010-4

長城のかげ

宮城谷昌光

項羽と劉邦。ふたりの英傑の友、臣、敵の眼に映ずる覇王のすがたを、詩情あふれる文章でえがきだす五つの連作短篇集

文藝春秋刊

沈黙の王

宮城谷昌光

黙せる王はながい苦難のすえ万世不変の言葉を得る——文字である。古代中国史上初めて文字を創造した高宗武丁の生涯

文藝春秋刊